낯선 곳에
대책 없이
살고 싶다

화가의 눈에 사로잡힌 천백 일의
뉴욕 그림 에세이

낯선 곳에
대책 없이
살고 싶다

의자 글·그림

마음의숲

'뉴욕 지하철 어딘가
물고기 한 마리가 살 거야.'

나도 한 번쯤 뉴욕에 살고 싶다

천백 일의 뉴욕 생활을 담은 이 책은 신나는 뉴욕 여행기나 그럴싸한 유학 성공담이 아닌, 대책 없이 낯선 곳으로 떠난 이의 무모한 도전기며, 아무도 들려주지 않는 실패담이다.

뉴욕으로 떠나기 삼 년 전쯤이다. 봄 햇살이 따사롭게 스며든 늦은 시간 잠에서 깼다. 방 안 공기가 유난히 달콤하고 부드러웠다. 나는 침대 모퉁이에 걸터앉아 습관처럼 텔레비전 리모컨을 손에 쥐었다. 멍하니 있으니 난데없이 떠오른 생각, '이제 내게 더 이상 시련은 없는 걸까?' 왜 그런 생각이 들었는지 모르겠다. 모든 것이 평화로운 날이었다. 햇살이 그윽한 방 안의 공기, 조용하고 아늑한 집, 안정적인 돈벌이가 되면서도 무척 즐겁게 하는 일. 너무나도 만족스럽고 안락한 삶. 그렇게 되기까지 노력했고 힘든 시간을 잘 견뎠으니 내 생에 더 이상 어려울 일이 없을 것만 같았다. 그런데 나는 왠지 초조하고 불안했다. '더 이상 시련이 없다면, 나는 지금 모습 이대로 평생 사는 건가?'라는 생각에 이르렀을 때, 어떤 오기랄까? 걱정이랄까? 마음속에 커다란 의구심이 생겼다. 그리고 나도 모르게 중얼거렸다.

'지금 이게 나의 전부란 말인가?'

아마도 그때부터인 것 같다. 늘 마음속에 품고 있던 뉴욕행을 조용히 결심한 것이. 서로 부족한 면을 채워 마치 완벽해진 것 같은 연애의 착각처럼, 나는 나를 낯선 곳에 둘수록 더 단단하고 강해질 거라 착각했는지도 모르겠다. 안전하고 확실해 보이는 현재는 오히려 내 성장의 걸림돌처럼 보였고, 우연과 불확신으로 가득한 곳에 나를 홀연히 던져두고 싶었다. 나역시 새로운 곳이 몹시도 두려웠지만 머뭇거리지 않고 떠난 이유다.

서른다섯 살 미혼의 여자. 당시 내 손에는 뉴욕행 편도 티켓과 현금 육백만 원이 전부였다. 익숙한 곳을 벗어날 용기는 시간과 돈을 담보로 하지만, 충분히 준비되지 않았어도 나는 떠나기로 결심했다. '나중에 시간이 생기면', '다음에 충분히 논이 모이면' 같은 말을 도저히 신뢰할 수 없었다. '나중에'와 '다음에'를 기다리다가, 결국은 아무것도 하지 못한 채 남은 생을 입버릇으로만 중얼거리게 될 것 같았다. 나도 한 번쯤 뉴욕에 살고 싶었다고.

이방인에게 관대할 리 없는 낯선 땅. 대책 없이 용감하게 떠난 뉴욕 생활은 예상보다 어렵고 힘들었다. 그곳에서의 삶은 마치 어른의 생각을 갖고 아이로 다시 태어난 듯했다. 갓난아이처럼 말부터 배워야 하지만 이미 부끄러움과 두려움이 많은 나이. 익숙한 삶으로부터 멀어진 나는 더 이상 나를 보호해 줄 엄마가 없었다. 더 나아지고 싶어 떠난 길이지만, 아픈 생채기를 남겼다. 눈물과 웃음으로 견디기 벅찰 때는 지금 이대로도 괜찮다는 안심이, 내 선택의 결말이 후회가 되지 않도록 나를 붙들어줄 힘이 필요했다. 그것이 내가 매일 그림을 그린 이유다.

불안을 성장의 발판으로 삼겠다고 성큼 떠난 나의 뉴욕 생활은, 낯선 곳이 제법 익숙해졌던 천백 일의 시간이 조금 더 지나서야 끝이 났다. 그렇게 약 오 년간의 뉴욕 생활을 마치고 나는 보기 좋은 졸업장이나 그럴싸한 성공담 없이, 빈손으로 떠났다가 빈손으로 돌아온 셈이다. 어쩌면 나의 무모한 헛수고. 누군가는 별다른 성과가 없으니 가치도 없다고 할지 모르겠다. 그렇지만 나는 이렇게 말해줄 것이다. 비록 나의 뉴욕 생활이 물질적 값어치는 없을지라도, 내 인생에 차고 넘치게 가치 있는 일이었다고. 여전히 쓸쓸함과 불안함이 나를 덮쳐도, 내 여린 영혼을 어루만질 수 있게 되었다고, 그때보다 지금의 내가 이번 생을 더 열렬히 사랑하게 해주었다고.

2023
낯선 어디론가 떠나길 망설이는 이에게
의자

CONTENTS

Chapter 1 **Soul Wash**

낯선 곳에 사는 것은, 내 영혼을 탈탈 털리는 일

Chapter 2 **Surfing in New York**

인생의 파도타기, 생존은 롤러코스터

Chapter 3 An Empty Boat

맞서지 않고 사는 법

낯선 곳에 사는 것은,
내 영혼을 탈탈 털리는 일

뉴욕으로 갑니다

짐 싸다 누웠는데 잠이 안 온다. 이제 좀 뉴욕행이 실감 나는 듯. 먼저 뉴욕에 간 친구가 떠나기 전날 솔직히 겁난다고 했을 때는 그저 부럽기만 하더니, 막상 내 일이 되니 떨리긴 떨리는구나.

뉴욕행을 선언하고 지난 육 개월은 정말 후다닥 지나갔다. 마치 한국을 얼른 떠나라고 종용이라도 하는 듯 온갖 사건과 사고가 일어났다. 자동차 뺑소니 누명 때문에 억울했던 적도, 집에 도둑이 들어 심장이 떨어질 뻔한 적도 있다. 아끼던 노트북까지 분실하고 나니 나는 어디론가 얼른 떠나고 싶었다.

한 달 전에는 개인전을 열었다. 전시에 선보일 작품 이외에도, 전시 비평과 서문 등을 준비하고 작품 사진 촬영과 도록 제작 등 작은 부분까지 신경 쓸 것이 너무 많아 여간 바쁜 게 아니었다. 무엇보다 서른이 넘도록 평생 받은 엄마 전화보다 지난 이 주 동안 더 많은 엄마의 전화를 받아야 했다. 엄마의 전화가 귀찮아 더 빨리 떠나기로 결심한 것은 절대 아니지만,

17

엄마의 서운함과 염려 그리고 걱정이 듬뿍 담긴 진회가 내 마음을 몹시 분주하게 만들었다. 그렇게 바람처럼 반년의 시간이 순식간에 사라졌다.

하, 코 찔찔 흘리던 산골 마을 꼬맹이는 어쩌다가 여기까지 왔을까? 학교 숙제보다 농사일 돕는 게 더 중요했던 우리 집에서, 스무 가구도 안 되는 작은 마을에서, 세상을 향한 통로는 흑백 텔레비전이 전부였던 외딴 동네에서 나는 어쩌다가 여기까지 왔을까? 언젠가 친구가 말해줬듯이 내가 사는 동네는 작았지만 내가 바라보는 세상은 도시 사는 친구들보다 드넓고 자유로웠는지도 모르겠다. 텅 빈 마을에 홀로 남아있어도, 산 넘어 일하러 간 엄마 아빠나 두 마을 지나 학교에 간 언니 오빠를 기다릴 때면, 어린 내 마음은 우리 집 울타리를 넘기고도, 앞산 뒷산 정도는 가뿐히 올라 더 먼 세상으로 늘 향해 있었다.

이제 나는 몇 시간 후 뉴욕으로 간다. 산골을 벗어나 언니와 단둘이 광주에 있는 고등학교로 유학을 떠났을 때처럼, 추운 날씨보다 사람이 더 쌀쌀하다는 서울에서 대학을 다닐 때처럼, 더 큰 세상에 대한 나의 부푼 기대도 현실의 벽에 금세 부딪히겠지. 그걸 잘 알면서도 뉴욕으로 떠난다. 그래, 그곳에 간다고 해서 탄탄대로 미래만이 나를 기다릴 거라 여기지는 않지만, 어젯밤 서울 도심을 광속 질주한 택시 운전기사 아저씨의 말을 믿어야겠다. (나보고 잘 살 거라고 했다)

식구들이 돌아오길 기다리면서, 마을 어귀에 홀로 앉아 하염없이 바라봤던 읍내로 나가는 찻길. 구불구불한 그 길처럼 돌고 도는 내 인생은 또 어디로 가는 걸까?

대책 없는 결심

뉴욕에 온 지 삼 일째. 페이스북에 사진을 올렸더니 다들 잘 살고 있는 것 같다고 축하해 줬다. 기껏해야 삼 일째인데…. 그래, 사실을 포착하는 것 같은 사진은, 실상 행복의 찰나를 박제하는 것이어서 사람들이 영원이라 믿기 쉽기도 하지. 뭐 나도 그런 것을 바라고 사진을 올렸는지도 모르지.

사실 멋진 뉴욕의 사진과는 다르게 나는 좀 걱정이다. 앞으로 할 일이 정말 만만치 않다. 내 몸 뉠 곳만 있다면 어떻게든 살겠지. 닥치면 일도 하겠지. 궁극의 상황에 몰리면 쥐도 고양이를 물듯이 나 자신이 구석으로 몰리면 나도 몰랐던 용기를 내겠지 하고. 이런 저런 생각으로 훌쩍 떠나왔지만, 인정머리 없는 현실이 나한테만 너그러울 리 없다.

새로운 곳에 정착한다는 것은
뭐든지 다 처음이고
뭐든지 물어야 하고

뭐든지 다시 찾아야 한다.

그래서 시간이 오래 걸리고

그래서 실수도 많이 하고

그래서 나 자신이 초라해지기도 하고

그래서 후회도 하고

그래서 두렵다.

그래서 사람들은 쉽게 익숙한 자리를 뜨지 못한다.

뉴욕에 온 뒤로 세상 경험 없는 사람처럼 미숙하게 실수가 잦았다. 쥐구멍에라도 숨고 싶다. 어른이 된다고 완전한 인간이 된다는 기대 따위는 버린 지 오래지만, 막상 이렇게 넘어지고 다치면 창피함까지 더해지는 나이가 되어 더 아픈 것 같다.

공항에서 입국 심사할 때, 내 앞에 선 여자가 경찰에게 불려가는 것을 보고 순간 겁이 났었다. 다행히 나는 별로 물어보는 것 없이 쉽게 통과했다. 도리어 심사대를 지나고 나서 어찌나 진땀이 나던지. 걱정하지 말자고, 이것은 분명 편안하고 자연스럽고 수월하게 이곳 생활이 시작될 좋은 징조라고, 떨리는 마음에 진정제를 잔뜩 투여했다.

생각해 보면 한국에서 학생비자를 받을 때도 그랬다. 나는 비자 받기 가장 어렵다는 서른이 넘은 미혼의 여성이고 무직 상태였다. 은행 잔고도 충분치 않았고, 정규직과는 거리기 멀었던 인생이라 내 재정 상태를 증명하는 데 무척 애를 먹었다. 미국 영사를 만났을 때 역시 쉽지 않았다. 유학원에서 피하라고 신신당부했던 까다롭기로 소문난 영사와 인터뷰를 했다. 전혀 예상치 못한 질문을 해서 당황도 하고, 어찌나 긴장되던지 속이 아릴 정도였다. 그렇지만 미국으로 가야 할 사람은 반드시 가게 되어있다. 최악의 조건에서도 나는 비자를 받았다.

나의 간절함이 통했던 걸까? 아니면 까다로운 미국 비자를 받는데 특별한 비법이라도 있었을까? 둘 다 아니다. 경험도 없는 내가 특별한 비법이 있을 리 만무하고, 내 사연이 가슴 아프도록 구구절절하고 내 마음이 남들보다 절실해서, 미국 영사가 감동해 비자를 내주기로 한 건 아니었다. 나는 단단한 '결심'을 했을 뿐이다. 흔들림 없이 단호하게 어떠한 이유와 상황을 불문하고 뉴욕에 가겠다고 마음먹은 것이다. 그 이후로 내가 뭘 준비해야 할지 방법이 조금씩 보였다. 이런저런 이유로 금세 저버리게 되는 새해의 마음 다짐이 아니라, 약해지고 꺾이고 무너져도 상관없는 그런 대책 없는 결심이 필요하다. 마치 내 온 육체와 정신이 오롯이 사람에게만 향해 있듯, 내 눈도 귀도 가슴과 손발도 '결심' 하나만 바라보고 가야 한다. 제아무리 매혹적인 사람이 내 곁에 오더라도, 어떤 험난한 일이 벌어지더라도 그곳에 고개 돌리지 말아야 한다. 두리

번거리기 시작하면 생각과 핑계가 많아지고, 귀신같이 불안함과 두려움이 결심의 틈을 비집고 들어오니까. 그러니 절실한 일이 있다면 한곳만 바라보는 대책 없이 도도한 결심을 해보자. 시간이 조금 걸리냐, 아주 많이 걸리냐의 문제일 뿐. 기다림이 문제가 되지 않는다면 반드시 길은 열리게 되어있다. 내가 가진 조건이 비자를 받는데 최악의 상황이라는 것을 알면서도, 나는 반드시 뉴욕에 갈 것이라고 확신한 이유다.

익숙한 곳을 떠나는 것이 두렵지 않을 사람이 있을까? 세상에 발 딛고 사는 사람인지라 망설이고 주저하는 게 어쩌면 당연할 것이다. 우리에게는 항상 '현실'이라는 누구도 함부로 비난할 수 없는 막강한 핑계가 버티고 있으니까. 게다가 불안은 마치 자석 같다. 생각할수록 빨려드는 중독의 자기장으로 끌려 들어가지 않을 인간이 얼마나 될까? 미지의 감정을 견디는 것보다 조금 더 안전하다고 느끼는 현재를 붙들고 살면 얼마나 더 안심이 되겠는가. 그런데 나의 현재는 정말 안전할까? 익숙해서 안전하다고 느낄 뿐 생각해 보면 불안은 어디로도 사라지지 않았다. 그러니 익숙한 불안이 나를 현실의 늪에서 옴짝달싹 못 하도록 길들이기 전에, 살면서 한 번쯤, 가능하면 여러 번, 대책 없는 결심을 해보는 건 어떨까?

열려라 참깨!

무겁다.

여는 문마다 크고 무겁다.

마치

이 문이,

이 나라가,

들어오는 나를 싫어라도 하는 듯.

내 집은 어디인가?

영어로 된 집 목록과 광고 내용을 아침저녁으로 쳐다보니 머리가 다 아프다. 아, 비행기에서 내려다본 세상은 크기도 하던데, 이 넓은 땅에서도 내 몸 뉠 방 한 칸 구하기가 이렇게 어렵나?

임시로 머무는 게스트하우스에서 내 옆 침대를 쓰는 사람은 뉴욕에 도착한 다음 날 집을 찾아서 계약했단다. 가격도 싸고 집주인도 아주 친절하다고 했다. 잘 됐다고 말은 했지만, 솔직히 정말 좋은 집일지 의심스러웠다. 한편으로는 그 사람이 어려운 일을 너무 쉽게 해결한 것 같아서 좀 부럽기도 했다. 고작해야 방 한 칸 구하면서 내가 너무 많은 것을 따지나 싶기도 했다. 그렇지만 기간이 짧든 길든 낯선 곳일수록 나의 안식처가 필요한 법이니까.

집을 구하려면 보통은 집 상태를 점검하고 주인이 어떤 사람인지 보게 된다. 또 식당이나 마트 같은 주변 편의시설과 대

26

중교통도 중요한 부분이다. 이런 것들은 어디에 살든 마찬가지일 것 같다. 나 같은 경우 익숙하지 않은 곳에 혼자 살아야 할 때 꼭 확인하는 게 있다. 바로 아이들이다. 특히 늦은 시간에도 아이들이 뛰어노는 동네가 좋다. 아이들의 해맑은 웃음소리가 항상 들리는 곳은 안전하다는 생각이 들기 때문이다. 가족 단위의 이웃이 많은 곳이 좋은 이유다.

또 집을 보러 가는 길에 식물이나 꽃 화분이 많은 동네가 좋다. 집 안팎을 가꿀 수 있는 사람은 왠지 자신도 잘 가꾸며 살지 않을까 싶어 안심된다. 내가 생각하는 조건이 까다로운 건지 집 구하기가 쉽지 않다. 그렇지만 타지에 홀로 살면서 나를 위한 최소한의 안전은 스스로 지켜야 하니까 꼼꼼해서 나쁠 건 없다.

한국 사람들이 많이 사용하는 헤이코리안이라는 사이트를 들어가면 대부분 퀸스Queens 지역의 방이 올라와 있다. 대체로 좋아 보인다. 그렇지만 나는 왠지 한국 사람이 많은 퀸스보다는 브루클린Brooklyn에 살고 싶다. 사람들이 퀸스에 살아야 정보도 얻기 쉽고 적응이 편하다고 했다. 나한테 그런 건 별로 안 중요하나 보다. 이왕 어렵게 살기로 결심하고 온 거, 말 좀 안 통하더라도 외국인 룸메이트랑 살아보고 싶다. 게다가 힙스터 예술가가 살 것 같은 브루클린이 왠지 더 뉴욕스러우니까!

몇몇 월셋집을 가봤는데 아주 천차만별이다. 그중에는 한국 사람이 사는 크고 햇빛 잘 드는 방도 하나 있었다. 그런데 집에서 묘한 냄새가 났다. 아무리 둘러봐도 음식물 냄새는 아니었는데 사람한테서 나는 비릿한 냄새라고 할까? 은근히 거슬리면서 불쾌했다. 방을 소개해 준 두 사람은 부부라고 했지만 딱 봐도 부부는 아닌 듯했다. 관계가 뭔가 꺼림칙한 커플이 사는 공간에 끼어 살면 여러모로 피곤할 게 뻔해서 NO!

다른 집은 한국 친구 소개로 갔다. 퀸스에서 비교적 안전한 지역이라 활기차고 좋아 보였다. 방도 햇볕이 잘 들고 가구도 웬만한 건 다 있었다. 일층 전체가 주방이라 음식 냄새 걱정 안 하고 요리할 수 있는 집이었는데, 이상하게 안 당겼다. 이미 내 예산을 넘는 곳이라 부담도 되었지만, 집 관리하는 매니저분이 우울하고 아픈 사람처럼 보였다. 게다가 한국 남자분이 구석방을 쓴다고 했는데 그 방에서 어둡고 축축한 기운이 흘러나오는 것이 아닌가! 캄캄한 동굴로 들어가 잔뜩 웅크리고 사는 음흉하고 음침한 사람의 공간일 것 같았다. 이유는 나도 모르겠다. 그냥 느낌이 그랬다. 아무튼 집 전체가 시름시름 아픈 느낌이라 NO!

세르게이라는 남자가 세놓은 브루클린 방은 말도 안 되게

엉망진창이었다. 집이라기보다 창고 같았다. 창문 밖으로 보이는 풍경이 무척 좋아서 정리하면 살 수 있지 않을까 망설이긴 했다. 욕실은 수리하는 중이었고, 복도형 건물이라 여럿이 살더라도 서로 방해받지 않는 구조였다. 가격도 싼 편이었다. 그런데 부엌이 문제다. 정말 더럽다. 바퀴벌레가 뽈뽈뽈 나올 것이 뻔했다. 정리 중이라는 세르게이 방을 봤는데 쓰레기장과 공사장의 중간쯤. 이런 난장판 집에 살면 집을 구하고도 마음 편히 쉬지 못할 것 같아서 여기도 NO!

브루클린에서 좋은 동네를 하나 찾긴 했다. 안전한 느낌을 팍팍 주는 깨끗한 동네. 유대인들이 모여 사는 곳인 듯 어린아이부터 어른까지 유대교 전통 복장 차림의 사람들이 많았다. 단지 남자만 사는 집에 굳이 여자 룸메이트를 찾는다는 게 좀 거슬렸다. 방은 한국 고시원처럼 작았는데 웬만한 가구는 다 있었다. 집도 깨끗하고 부엌에 발코니가 딸려있어서 예뻤다. 월세까지 무척 겸손하다. 근데 집을 내놓은 못생긴 헝가리 남자가 주저하는 내게 집 안내 대신 반반한 러시아 룸메이트 사진만 자랑하는 거다. 게다가 이 두 남자 수상하다. 온라인 사이트에 월세를 만 원 정도 올렸다 내렸다 하면서 여자 룸메이트만 찾는 거다. 아무래도 함께 지낼 룸메이트가 아니라 여자를 고르는구나 싶었다. 그래서 이 집도 NO!

방문한 집들이 크게 나쁘지 않았는데 하나같이 마음에 걸리는 구석이 꼭 있었다. 생각해 보면 공간 자체는 문제가 없었다. 나한테는 거기 사는 사람들이 더 큰 문제였던 거다. 물질적 재료로 만들어진 공간은 물리적 형태를 가질 뿐이다. 결국 공간을 채우고 집을 완성하는 것은 그곳에 사는 사람이다. 공간은 주인을 닮는다. 공간에 대한 사람의 태도와 마음 상태가 그 안에 담긴다. 나는 그것을 때론 냄새로, 어떤 에너지로, 엉망진창인 상태로 감지했던 것뿐이다.

....

결국 나는 뉴욕에 온 지 육 주 정도가 지나서야 방 한 칸을 찾을 수 있었다. 보통 일에서 이 주 안에 집을 구하는 다른 유학생에 비해 무척 오래 걸린 셈이다. 베이리지Bay Ridge라는 브루클린 끝자락 동네였다. 집주인은 홍콩 사람이라는데 깔끔하고 야무진 인상이다. 룸메이트는 태국에서 왔다. 나이는 나랑 비슷하고 웃는 얼굴이 참 좋다. 집은 수수하고 특색 없지만, 깨끗하고 단정했다. 월세도 무척 저렴한 편이었다. 내가 다니는 맨해튼 영어학원과는 좀 멀었지만, 길을 걷는 사람들의 모습이 여유롭고 예쁜 집들이 많아 동네가 안전하고 안락한 느낌이 들었다. 그동안 불편하고 문제 많은 게스트하우스에서 꾸역꾸역 참고 견디길 잘한 거 같다. 역시 살 곳을 찾을 때는 내 마음에 딱 들 때까지 기다려야 한다. 낯선 곳일수록 특히 더 알아보자. 그래야 내 마음 편히 둘 작은 귀퉁이 찾을 수 있으니까.

빨간 신호등

새집으로 이사하고 둘째 날 아침.

해 뜨는 것을 살짝 볼 수 있어 기분이 상쾌했다.

근데 빨간 신호등이라…

설마 내 인생의 '멈춤'은 아니겠지.

Soul Wash

이사를 하고 짬을 내서

동네 구경하다 문득 이런 생각이 들었다.

저런 간판이 있으면 어떨까?

내 마음도 깨끗하게 닦을 수 있다면.

허리케인 샌디

비싼 영어학원이 내일도 대책 없이 쉰단다. 태풍 한 번 왔다고 삼 일째 쉬는 대단한 나라. 주말까지 포함해서 내리 오 일째 쉰다.

토요일부터 오늘까지 쉬지 않고 거의 백이십 시간, 여기저기에서 정말 요란스럽게 떠든다. 마치 스펙터클 이벤트가 꼭 필요했던 사람들처럼. 시끄러운 만큼 일 처리도 신속하게 하고 있는지 몹시 의문. 그도 그럴 것이 계속해서 피해 소식만 있지 해결 소식은 들리지 않는다. 지난 오 일간 지하철도 끊기고 버스도 안 다니고, 인터넷도 됐다가 안 됐다가 한다. 어떤 지역은 정전인데 아직 복구도 안 되었고. 아무리 생각해 봐도 사고 처리가 신속하고 현명한 나라는 아닌 듯싶다. 늘 자기 나라가 세계에서 최고라 생각하는 이 나라 사람들은 알려나 몰라. 당당하고 자신감 높은 것은 좋지만, 자기만족에 빠져 스스로를 살피지 못하면 그냥 시끄러운 사람이 되기 쉬운 거 같다. 몹시 부산스럽고 피곤하다.

그나저나 내일 뭐 하지. 영어든 한국말이든 말할 사람이 없어 내 목소리도 잊을 지경이다.

....

결국 학원은 일주일 내내 쉬었다. 이십오 년 만에 온 대형 허리케인 때문에 피해가 예상보다 심했던 모양이다. 맨해튼에 사는 친구는 전기도 가스도 물도 모두 끊겨서, 본의 아니게 스타벅스를 전전하며 의지와 상관없는 관광과 험난한 난민 생활을 겸했다고 한다.

영어학원에서 수업을 곧 재개한다는 연락은 받았지만, 맨해튼 가는 지하철 복구가 여태 안 돼서 가고 싶어도 갈 수가 없었다. 그런데도 알아서 오란다. 날아가거나 수영을 해서 가야 할 판이다. 아, 도대체 뭐 하자는 건지. 내 상식을 한참 벗어난 일 처리 방식에 허리케인보다 이곳 사람이 더 무섭고 싫어지려고 했다. 지난 며칠간 화도 났다가 어이도 없다가, 나는 점점 더 지쳐만 갔다. 사고 처리는 뒷전이고 연일 호들갑스럽기만 한 미국 사람들은 귀만 따가울 뿐이었다. '여기가 정말 한국보다 나은 나라가 맞나?' 하는 의문도 들었다. 이놈의 잘난 나라가 문득 궁금해졌다.

간신히 잡힌 인터넷을 폭풍 검색해 보니, 미국이 다른 나라와 치른 아주 최근까지의 전쟁 목록이 수도 없이 나왔다. 그럼에도 근대 이후 미국 내에서는 한 번도 전쟁을 치러본 적 없다고 하니, 거 참 얍삽하고 얄미운 나라네 싶었다. 반면에 한국은 일제강점기 치욕과 수탈의 시대를 지나 나라 전체가 폐허가 되는 가슴 아픈 전쟁을 치렀다. 망가질 대로 망가진 땅에서 살아가기 위해 부단히 애쓴 악착같은 나라다. 그렇다면 '나라'도 사람처럼 살아있는 생물인가? 시련이 인간을 성장시키는 기회라고 내가 여겼던 것처럼, 한 나라에 닥친 고난도 나라를 발전케 하는 기회가 되는 건가? 내가 그동안 나라라는 것을 그저 관념적으로만 존재한다고 여겼나 보다. 뭐 나라도 결국은 사람이 모여서 만든 곳이니까, 생물처럼 살아있다고 여기는 게 맞는 거 같기도 하고. 나라도 사람처럼 어려움을 극복한 경험이 쌓여서 더 좋은 시스템이 자리를 잡고 조금씩 발전하고 성장하는 걸지도.

그게 인간이든 나라든 때론 지난 고난이 오늘의 힘이라는 생각에 이르렀을 때 나도 모르게 웃음이 났다. 집을 떠나야만 비로소 애국자가 되는 건가? 그러게, 인간에게 낯섦과 외로움은 때론 이롭다. 잠시 잊고 있었던 내 지적 호기심도 일깨우고, 그동안 외면했던 내 무의식의 저편을 한없이 탐구하게 하니까.

흥미진진해질 거야

허리케인 샌디의 영향으로 며칠 브루클린에 갇혀있었다. 오늘은 맨해튼행 지하철 하나가 겨우 개통돼서 브루클린 탈출 성공! 물론 지하철 안에서 넋을 놓고 있다가 한 번만 갈아타면 될 지하철을 세 번이나 갈아타야 했지만 다행히 목적지인 유니언 스퀘어Union Square에 잘 도착했다. 근처에 서점이 있던 게 기억나서 책도 구경하고 작은 수첩을 사겠다는 핑계 삼아 나온 외출이었다.

지하철 방향을 잘못 내렸는지, 서점이 있다고 생각했던 자리에 대신 홀 푸드Whole Food라는 가게가 보였다. 왠지 좋아 보여 들어갔는데 거기서 한참이나 보냈다. 유기농 상품이 대부분이고 신선한 커피콩도 팔고, 환경과 사람에게 좋은 피부 관리 제품 등 구경거리가 건강해 보여서 더 정신이 팔렸다. 가게를 나왔는데 한 남자가 말을 걸었다.

대충 한국말로 하자면,

"안녕! 내 이름은 앤디라고 해. 너의 빨간 목도리가 예쁘구나! 크리스마스 분위기가 나는데… 어쩌고저쩌고… 너도 귀여운데… 혹시 전화번호 있니?"

십여 일 정도 집에 갇혀서 텔레비전에서 나오는 목소리만 들었다. 오랜만에 진짜 사람 목소리를 듣는데 어찌나 반갑던지. 한편으로는 이 남자가 나를 매력 있는 사람으로 봐준 거같아 살짝 설레기도 했다. 흥분된 마음으로 내 전화번호도 냉큼 알려주고 이름도 알려줬다. 평소의 나라면 절대 하지 않을 행동을 한 것이다. 그것도 활짝 웃으면서.

'이런 낯선 사람에게 내 전화번호를 주다니! 암튼 제정신이 아닌 거야.'

사실 그 남자 얼굴은 생각도 안 난다. 내가 기억력이 나쁜 것도 있겠지만, 누군가 내 번호를 물어봤다는 (그것도 길에서) 사실에 놀라서 남자의 생김새는 안중에도 없었던 것 같다. 그는 평범한 인상이었고 나이는 좀 있어보였다. 친구를 기다리는 중이니, 나중에 꼭 한번 만나자고 했다. 그렇게 헤어지고 몇 시간 후 그에게서 문자가 왔다. 뒤늦게 정신을 차린 나는 답장을 하지 않았다.

그러고 보니 누군가 사심으로 내 번호를 물었던 게 언제였을까? 기억이 가물가물. 나는 평범한 외모에 체구도 아담한 편이지만, 독립적이고 자기주장이 강한 성격을 지녔다. 빙 둘러말하는 데는 소질이 없어서 직설적이다. 말하자면 센 여자다. 세다는 게 여러 가지 의미가 있겠지만 아무튼 외형과 달리 나긋나긋한 사람이 아닌 건 맞다. 모든 사람이 그런 것은 아니었지만, 한국에 살면서 나를 '여자답지 않은 여자'로 보는 시선과 종종 마주치곤 했다. 물론 나는 그런 사람들을 시시한 사람으로 간주했지만. 어찌 되었든 그들에게 나는 도움을 청하지 않는 인간이었던 모양이다. 자신의 존재를 드러내기에 제법 괜찮은 그런 참한 여자가 아니었던 거지. 자기보다 약자로 분류되지 않는 사람, 여자답지 않은 부류였던 것이다.

뉴욕에 도착한 뒤로는 좀 다른 느낌을 받았다. 이곳에서는 나를 기 센 '여자'가 아닌, 그냥 여자 모습의 '사람'으로 인식하는 것 같다. 묘하게도 마음이 한결 놓이고 편하다. 정확한 이유는 잘 모르겠다. 그냥 나를 있는 그대로 자연스럽게 봐주는 느낌이랄까?

생각해 보면 익숙한 곳에서 산다는 건 너와 나를 구분 짓는 보이지 않아도 분명한 경계를 공유하고 있는 것이다. 나이와 성별에 따른 기대 역할이 있고, 그것을 잘 따르든 따르지 않든 같은 문화 안에서는 그 역할과 경계가 잘 보인다. 반면에 낯선 곳에서는 서로에게 보내는 문화적 표시나 경계의 영역이 흐려지는 것 같다. 그래서 한국에서는 절대 일어나지 않았을 일이 오늘 나에게 일어난 것 아닐까? 서로의 벽이 얇아져서 앤디라는 남자가 나의 경계선 안으로 훅 들어온 것처럼, 내가 스스로의 벽을 낮추고 한동안 잊고 있었던 설렘을 맛본 것처럼. 물론 지난 열흘간 브루클린에 갇혀 의도치 않게 고독을 실컷 맛본 것도 크게 한몫했겠지만.

나도 예상치 못한 나 자신의 반응이 신선했다. 길에서 만난 앤디의 얼굴은 점점 잊혀가지만, 서로의 경계를 알 수 없는 뉴욕에서 나는 또 어떤 놀라움과 마주칠는지. 낯선 곳에서 삶은 더 흥미진진해질 거야.

램프

한국에 있을 때 여유 시간을 대부분 혼자 보냈다. 친구를 만날 때도 두세 명 정도 모여서 편안하게 지내는 것을 선호했다. 남자친구가 있어도 번잡한 크리스마스는 집에서 혼자 보내는 게 좋았고, 생일이나 기념일이 별로 의미 없는 사람이었다. 그런데 뉴욕에 와서 혼자 지내다 보니 특별한 날을 혼자 보낼까 걱정이 된다. 특히 허리케인 샌디가 이후 내 목소리도 잊을 지경이었는데, 미국 사람들이 사랑하는 핼러윈Halloween도 혼자 보내고 나니, 추수감사절이나 크리스마스 그리고 새해도 혼자 보내게 될까 조금 걱정이다. 왠지 쓸쓸한 느낌이다.

참 별거 아닌데…. 주변에 가족이 있고 친구가 있으면서도 자발적으로 혼자 보내는 시간과 친구나 가족이 없어서 할 수 없이 혼자 보내는 시간은 이렇게 다르다.

쌀쌀하게 미국의 명절을 보내게 될까 걱정이 되어서 작은 램프를 하나 샀다. 빨간색이다. 원래 빨간색을 좋아하기도 하지만 조금이라도 더 온기를 느끼고 싶었다. 작은 초를 켜두면

서너 시간 따뜻한 기운이 돈다. 이케아IKEA 매장에서 한국 돈으로 오육천 원 정도 했다. 요 정도 돈으로 따스함을 살 수 있다면 나쁘지 않은 것 같다. 비록 불이 꺼지면 환상도 사라지는 성냥팔이 소녀 같지만, 찰나의 온기라도 붙잡을 수 있다면.

물건도 인연이 있다

드디어 책상을 샀다. 비록 한 시간 반 넘게 택시를 기다리느라 힘들었지만, 내 작은 방구석에 꼭 맞아 기분이 좋다. 게다가 칠십 퍼센트나 할인 받았다. 사람들은 무빙 세일(이사하면서 여러 가지 물건을 싼값에 내놓은 것을 사는 일)을 추천했지만 나는 차도 없고, 실어 나르는 게 일이라 집 근처 할인매장으로 나갔다.

그럼 그리고 영어 공부도 하려면 책상이 필요했다. 방이 워낙 작아서 남은 공간에 딱 맞는 것을 찾으려니 여간 힘든 일이 아니었다. 책상 크기를 적어둔 종이를 가지고 다니면서, 적당한 거 없나 여기저기 기웃거렸지만, 번번이 사지 못하고 돌아왔다. 그냥 노트북 올려둘 작은 책상이 필요했을 뿐인데 그거 하나 사겠다고 한 달 동안 온통 마음이 거기에 쏠려있었다. 그래도 오늘 보니 다행이다. 아주 마음에 딱 드는 녀석을 만났다. 할인매장에서 보자마자 한눈에 알아봤다. 마치 처음 본 사람인데 오랫동안 알고 지내온 사람처럼 작은 책상이 내 눈에 쏙 들어왔다. 신기한 것은 크기 확인도 못 해본 책상이 내 방

모퉁이에 딱 맞는다는 거! 역시 물건도 사람처럼 인연이 있다니까!

원래도 물건 고르는데 좀 까다로운 성격이기도 하지만, 멀리 떠나서 있으니 이런 사소한 것들에 더 마음이 담기는 것 같다. 말 못 하는 녀석에게 자꾸 안부를 묻게 된다.

기묘한 놀이동산

매이시스Macy's 백화점이 주관하는 추수감사절 퍼레이드는 뉴욕에서 열리는 특별한 행사이다.

'뉴욕 한복판에서 캐릭터 풍선 퍼레이드라….'

어린 시절 한 번쯤 봤을 법한 만화 속 주인공들이 거대해진 모습으로 뉴욕 빌딩 숲 사이를 떠다니는 일은 생경하고 기괴했다. 무해한 악당들과 텅 빈 영웅들이 건물 사이를 어슬렁거리며 기어다니는 느낌이랄까?

둘러보니 퍼레이드를 이끄는 사람도, 구경하는 사람도 대부분 다 큰 어른들이었다. 얼른 자라고 싶었던 아이는 막상 어른이 되니 생각보다 기쁘지 않았던 걸까? 이렇게라도 풍선 구경하면서 먹고사느라 시달리지 않았던 유년 시절을 떠올리는 모양이다.

바로 내 눈앞에서, 브로드웨이, 타임스퀘어 길 한복판에서

판타지가 현실로 펼쳐지다니! 마치 뉴욕이 '행복과 기쁨이 여
기 있어요!'라고 말하는 거대하고 기묘한 어른용 놀이동산이
된 것 같다.

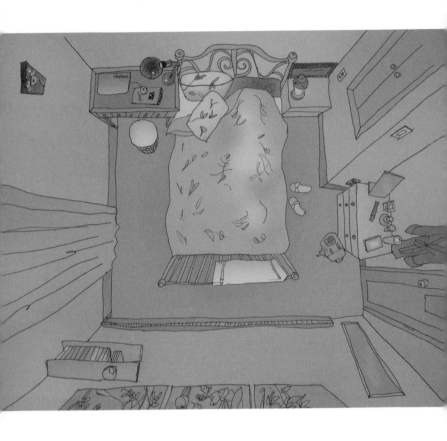

아픈 날

이불 속에 폭 안겨서

홀로 사투 중인 날.

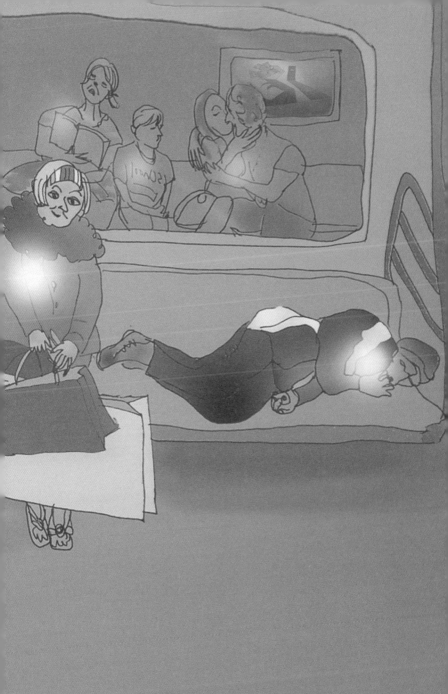

사람들

누구에게나 밝은 빛이 숨어있다.

Everyone has their own lights no matter who they are.

눈물 나게 아름다운 풍경

느지막이 산책을 나갔다. 집에서 대여섯 블록 걸어 나가면 바다가 보이는데, 이 바다를 끼고 조깅 코스가 만들어져 있다. 오늘은 좀 걷고 싶었다. 공기는 쌀쌀하고 다소 날카로웠지만, 짭조름한 소금 냄새가 사뭇 반가웠다. 해 질 녘 풍경이 아름다웠다. 오늘따라 노을빛으로 물든 하늘색이며 검은 그림자 사이로 비치는 불빛이 사무치게 아름다웠다. 눈물 나게 아름다운 풍경이다.

'나는 내 생에 단 한 번이라도 누군가에게 이토록 아름다웠던 적이 있을까?'

어제는 한국에 있는 친구 대신 전시회에 참석했다. 친구가 뉴욕으로 보낸 작품을 나와 프란시스코가 함께 설치해 줬다. 오픈식이 끝나고 프란시스코와 저녁을 먹었다. 콜롬비아에서 온 그는 나처럼 그림을 그려서인지 통하는 게 참 많았다. 만나면 시간 가는 줄 모르고 이야기를 나누게 된다. 그런데 즐겁게 식사를 하고 각자 지하철을 타기 전에 나눈 몇 마디 때문에 나는 완전히 내 마음을 놓았다.

사실 별거 아니었다. 프란시스코의 사랑, 연애 뭐 그런 사소한 잡담이었다. 이야기를 듣다가 어느 순간 나는 머리를 한 대 강타당한 것 같았다. 뭐라고 뭐라고 하는 프란시스코 목소리가 멀어지고 시야가 흐려지면서 초점을 잃었다. 가슴도 먹먹해지기 시작했다.

'나는 살면서 한 번이라도 누군가에게 완전히 아름다운 사람이었던 적이 있을까?'

없다. 나는 늘 적당히 좋은 딸, 가까운 친구, 제법 훌륭한 선생님 정도로 만족했다. 연애할 때도 '내' 공간이 필요하고, '내' 시간이 필요하다고 멋있는 척하느라 한 번도 온전히 누군가에게 나를 내어준 적이 없다. 계산 없이 달려가거나, 대책 없이 매달려본 적도, 나 좀 봐달라고 떼를 쓰거나, 심지어는 남자친구와 헤어지면서 울어본 적도 없다. 나는 쿨하고 깔끔한 내 성격이 괜찮아 보였다.

그런데 아니었어! 그게 아니라는 걸 어제서야 안 거다. 나는 한 번도 누군가에게 최고로 아름다운 사람이었던 적이 없는 안쓰러운 사람이다. 아름다운 이십 대를 '나'만 생각하느라 허송세월한 안타까운 인간일 뿐이다.

눈물이 났다. 지하철에서 훌쩍이다, 집에 돌아와서도 한참을 울었다. 내가 가엾고 내 인생이 슬펐다. 살면서 단 한 사람에게도 완전히 나를 내어준 적 없는 한심한 인간이라는 생각이 들었다. 나를 버리고 그 사람의 모든 것을 사랑해 본 적이 없는 나는, 나의 모든 것을 사랑해 줄 사람을 만날 자격이 없어. 한 번도 모든 것을 사랑해 본 적 없으면서 누군가가 나의 모든 것을 알아채주길 바라다니…. 이런 안타까운 사람이 있을까? 나는 여태껏 그렇게까지 사랑해 본 적 없는 불쌍한 인간이다.

어제는 오랫동안 울었다. 그동안 헤어지면서 울어주지 못한 남자친구를 위해 그리고 이기적인 나를 위해. 오늘도 아름다운 저녁노을을 보니 눈물이 난다.

'나는 누군가를 위해 목 놓아 울어줄 수 있는 사람이 되려고 이토록 멀리까지 온 걸까?'

로망 실현 리스트

뉴욕에 온 지도 삼 개월이 넘었다. 영어학원을 십삼 주만 등록하고 왔더니 육십 일간의 방학이 주어졌다. 쉬는 동안 새 학원이며, 일자리며, 이것저것 알아봐야 할 것이 많았다. 토플 시험도 급하게 치러야 했다. 무엇보다 계속 이곳에 살려면 방학 동안 다시 체류 서류를 갖춰야 했다. 한낱 종이 쪼가리일 뿐이지만, 나를 증명할 유일한 방법이라 서류 준비는 생각만으로도 머리가 지끈거렸다. 뭐 미루다가 급하면 어떻게든 하겠지.

쉬면서 한 일주일 집에 있어 보니 이제야 진짜 뉴욕 생활이 시작이구나 싶다. 막 와서는 정신도 없고 영어 공부한다는 핑계로 친구들이랑 어울리기 바빴다. 기껏 사귄 친구들은 단기 어학연수나 여행으로 온 사람들이 대부분이라 거의 다 자기 나라로 돌아갔다. 아무리 정보가 가득한 세상이라고 해도 막상 뉴욕에 와서 부딪혀보니 보이지 않는 문화적 차이와 편견이 많았다. 언어의 한계로 인해 다치고 아파서 앓아누운 날도 있었다. 꼭 뉴욕이 나쁜 곳이라서가 아니라, 낯선 것도 내가 알고 있던 익숙한 것들과 부딪치는 일이 많아서 그랬다.

이렇게 뉴욕에 온 지 삼 개월씩이나 되어 모처럼 빈 시간이 생겼는데 어떻게 살아야 할지 고민이다. 일단 꾸준히 해야 할 것을 딱 두 개만 정해보고 싶다. 너무 욕심을 부리면 계획만 세우고 못 하게 될 거니까.

1. 날마다 기록하기 ― 이것은 이미 뉴욕 도착 첫날부터 매일매일 하고 있는데, 실천이 좀 어려워도 잘한 일인 거 같다. 아직은 그저 나의 일과를 기록하는 그림일기지만 나중에 보면 어린 시절 앨범처럼 민망해도 함박웃음이 날 것 같다. 뭐 이렇게 살다가 아무것도 아닌 사람으로 남는다 해도, 온몸으로 느낀 새로운 세계가 나의 작은 역사로 남지 않을까? 그것마저도 너무 거창하다면 적어도 빈손으로 떠나온 이곳에서 내 창작 노트 한 권은 손에 꼭 쥘 수 있는 거겠지?

2. 주말에 한 번은 꼭 동네 산책하기 ― 사실 별거 아닌 것 같은데 새로운 곳에 와놓고도 자꾸 낯선 곳은 피하고 익숙해진 곳으로만 다니게 된다. 찾아보면 좋은 곳이 많은데. 동네 산책이 좋은 것은 공원이나 맛집, 수상한 가게 같은 내가 좋아해서 마음 둘 곳을 찾을 수 있어서이다. 언젠가 '걷기'를 '측량'이란 말에 빗대어 쓴 글을 읽은 적이 있다. 우리의 행성을 측량하는 것, 즉 땅 위를 걷는 단순한 움직임으로 걷는 사람과

자연이 하나의 인연으로 묶이게 되고, 내가 걸을 때마다 세계가 내게로 들어오는 것이라고. 그러니 낯선 세계가 나에게 들어오도록 동네를 걸으면서 측량해 보는 것도 좋을 것 같다.

이렇게 낯선 곳에서의 삶을 의미 있게 만들 투 두 리스트(To-do list :해야 할 목록)와 미지의 세계를 알아가기 위한 계획을 세우고 나니 약간의 고민이 든다. 규칙적이고 꾸준한 거 말고 신박하고 지키기 쉬운 건 없을까? 예를 들면 나의 로망 실현 리스트 같은. 전에 살던 곳에서 하지 않았거나 절대 못 했을 법한 일들을 목록으로 만들어놓고 하나씩 지워가 보는 거지. 길에서 만난 사람에게 웃으면서 인사하기 10회, 마음에 드는 상대에게 먼저 말 걸어 보기 3회, 딱 일주일간 하루 두 끼 먹어보기, 열정의 탱고 레슨 받아보기, 자전거로 출퇴근해 보기 등.

써놓고 보니 평범한 투 두 리스트가 된 거 같기도 하지만 그동안 바쁜 시간에 쫓겨 밀려난 것들, 혹은 주변 눈치 보느라 못 했던 것들을 해볼 생각에 벌써 즐겁다. 내가 누구인지 모르는 사람들뿐이니 조금은 뻔뻔해질 수 있다. 그게 바로 낯선 곳의 장점이니까.

이제 뉴욕에서 삼 개월. 이제는 정말 낯선 땅의 어려움이 실감이 난다. 종이 쪼가리로 나를 증명해야 하고, 불법이거나 허드렛일이라도 직업을 구해야 하고, 내 언어 능력을 시험으로 인정받아야 하고, '내 부족한 영어가 곧 나'인 듯한 자존심 상하고 불쾌하기 짝이 없는 상황을 계속 견디어야 한다. 그렇지만 날아오를 것 같은 새로운 경험들이 생생한 창작 노트가 되고, 내 단골 아지트가 되고, 감히 꿈도 꾸지 못했던 로망의 실현이 될지도 모르니까. 그동안 살면서 2순위나 3순위, 아니면 멀리 9순위나 10순위쯤으로 미뤄뒀던 것들을 투 두 리스트로 채워보는 것도 좋은 것 같다. 내가 나를 아무도 모르는 곳으로 떠나게 만들었던 이유이기도 하니까.

차려준 밥상

고등학교 동창인 유삼이가 뉴욕에 있다. 고등학교 때 이후로 같은 대학을 거쳐 이곳 뉴욕까지 근 이십 년 정도를 알아왔으니 오랜 친구다. 그런데 뉴욕에 온 후로는 오히려 만나기도 어렵고, 만나도 어쩔 땐 좀 서먹하다. 서로 바쁘기도 해서 그냥저냥 지내고 있었다. 이 친구가 웬일로 크리스마스에 점심을 먹자고 연락이 왔다. 뉴욕에서 보내는 첫 크리스마스라 혼자 보내기 싫었는데 기쁜 마음으로 냉큼 달려갔다.

유삼이를 오래 알고 지냈어도 요리를 잘하는 줄은 몰랐다. 차려준 음식이 꽤 맛있었다. 레드와인에 탄산수와 얇게 저민 과일이 들어간 샹그리아도 참 좋았다. 생각해 보면 뉴욕에 와서 누군가가 나를 위해 차려준 첫 밥상이다.

뉴욕에 오기 전 엄마와 태국 여행을 다녀왔었다. 첫 해외여행을 한 엄마에게 무엇이 좋았냐고 물으니 엄마의 답은 의외였다. 비행기도 난생처음 타셨고, 다른 신기하고 좋은 볼거리도 많았는데 엄마는 '아침밥'이 가장 좋았다고 했다. 숙소 아침밥이 그렇게 특별했었나 생각해 봤는데 아무리 생각해도 특별할 것 없이 평범한 조식이었다. 그런데 엄마는 왜 하필 아침밥이라고 했을까? 엄마의 지난 시간을 찬찬히 생각해 보니 왠지 알 것도 같았다. 엄마는 사십여 년 동안 시아버지를 모시면서 매일 세 끼 식사를 손수 차려야 했다. 시집온 후로는 가족뿐만 아니라 당신 입으로 들어가는 음식도 늘 본인 손으로 지으신 거다. 우리 집은 외식도 안 해서 다른 사람이 차려준 밥상을 엄마가 받아본 적은 거의 없었을 것이다. 그러니 가족을 위해 뭘 또 차려야 할지 고민하거나, 당신 입으로 들어가는 음식이 뭐가 될지 생각할 필요도 없는 밥상이 얼마나 달고 맛났을까? 그저 주는 대로 먹는 밥이 얼마나 귀했을까? 오늘 보니 엄마 말이 딱 맞다. 역시 밥은 내가 차린 게 아니라 남이 차려준 것이 가장 좋고 맛있다!

오랜만에 즐거운 점심을 먹고 이야기가 끊이질 않아서 앉은 자리에서 저녁까지 먹었다. 유삼이는 크리스마스인데 집에만 있어서 싫다고 했지만 내게는 좋은 크리스마스였다. 왠지 모르게 더 춥고 몸 상태가 좋지 않은 날이었는데, 친구 녀석이 차려준 밥을 먹고 나니 속이 든든하고 따뜻해진 느낌이다. 녀석 묘한 재주가 많네.

빈 접시

그때 나는 누구와 있었는지.

테이블 위로 오갔을 많은 이야기와

그곳에 모인 사람들의 허기를 채운 후 남은 것들.

전쟁이 끝난 것 같은

빈 접시.

이딴 거 싫다

너와 헤어져서 싫다.

너와 헤어져 돌아오는 길이

네 발에 내 발 포개어 춤추던 바로 그곳이라서 싫다.

너와 헤어지고 걷는 길이

여기가 천국인 것처럼 키스했던 길이었어서

너를 마주 보았던 내가

이제는 홀로 서있어서 싫다.

떠난 너는

새로운 곳에서

날마다 처음인 기억을 새로 쌓고 살겠지만

남겨진 나는,

너와 내가 무성영화처럼 재생되는 이곳에 앉아

헤어짐과 기다림의 어딘가쯤을 헤매고 있어서

이딴 거 싫다.

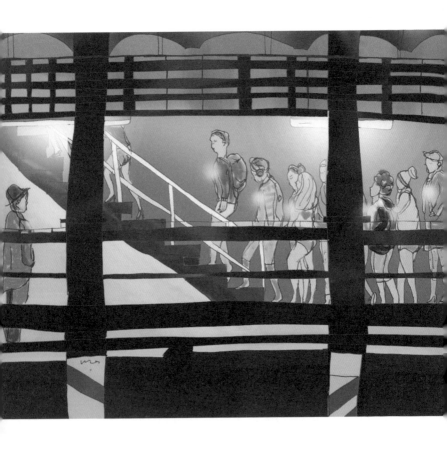

뉴욕은 안 되는 게 없구나!

뉴욕에는 일 년에 한 번 바지나 치마를 입지 않고 속옷만 입은 채 지하철을 타는 이벤트가 있다.

'설마, 이런 걸 누가 참여하겠어?'

내 예상과는 반대로 정말 많은 사람이 아랫도리를 입지 않은 채 지하철에서 우르르 내리는 거다. 그것도 이 겨울에! 정말 안 되는 게 없구나! 뉴욕은….

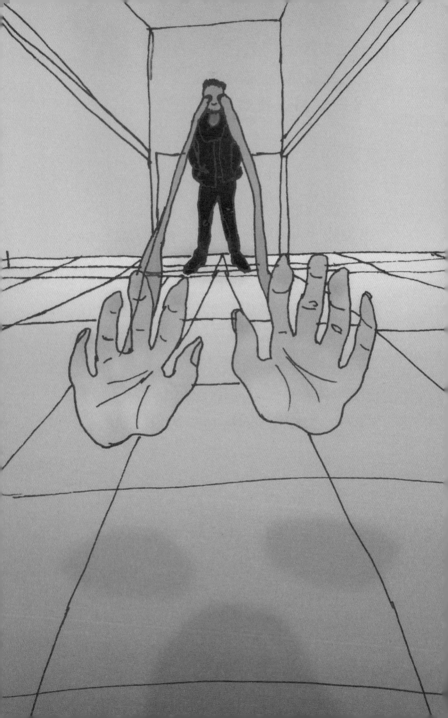

눈 버릇

너, 눈으로 사람 만지는 버릇이 있다.

값어치와 가치

갓 서른을 넘겼을 즈음 북아프리카를 여행한 적이 있다. 당시 인생의 바닥을 헤매고 있던 나는 누군가가 내 뺨이라도 때려주길 바랐다. 그러면 실컷 울 수라도 있으니까. 더 이상 목구멍까지 차오르는 눈물을 삼키거나 지하철 의자에서 혼자 흐느끼는 그런 일 따위는 하지 않아도 될 테니까. 아슬아슬하게 마음을 겨우 붙들고 있던 그때 아는 분이 한 달간 북아프리카로 여행을 간다고 하시는 거다. 리비아, 튀니지, 모로코, 알제리 이렇게 네 나라라고 하셨다. 그분의 입에서 "알제리"라는 말이 나오자마자, 나는 한 치의 망설임도 없이 "저도 데려가 주세요"라고 했고, 그렇게 북아프리카로 떠났다. 내가 사랑하는 카뮈Albert Camus가 살았던 나라라는 것만으로도 알제리에 갈 이유는 충분했다. 나는 그에게로 뛰어가고 싶었다. 마치 길을 잃은 아이가 제 엄마를 찾은 것처럼, 그 품에 안겨 서럽게 울고 싶었다.

여행은 특별했다. 그곳이 내가 사랑하는 카뮈의 고향이어서, 몹시 이국적인 곳이어서만이 아니다. 다른 여행에서는 한 번도 해보지 않았을 것을 거기서 했기 때문이다. 떠나기 전 마음껏 울어보기로 작정했기에 두 가지는 꼭 해보기로 결심했다. 하나는 여행 일기를 쓰는 것이었고, 다른 하나는 영상 작품을 촬영하는 것이다. 나는 카뮈가 수영했을 법한 알제리의 눈부신 해변에서 누군가 우는 장면을 촬영하고 싶었다. 여행 중에 만난 은퇴한 교감 선생님을 설득해 해변에서 대성통곡해 달라고 부탁드렸다. 교감 선생님은 내 드로잉 한 점을 받는 조건으로 촬영을 허락해 주셨다. 또 어떤 날은 아침 해가 떠오르지도 않은 어슴푸레한 새벽 호텔 테라스에서 내가 목 놓아 우는 장면을 촬영하기도 했다.

계획한 작품 촬영이 끝날 때쯤 나는 다른 영상도 찍어보고 싶었다. 그래서 여행의 끝 무렵에는 그동안 모아온 대추 야자와 오렌지 씨를 사하라 사막에 심기로 했다. 마치 밀레Jean-François Millet의 그림 〈이삭 줍는 사람들〉 같은 분위기의 이른 아침이었다. 나는 전날 작은 마을에서 어렵게 구한 곡괭이를 들고 땅을 경작하고 씨를 뿌렸다.

나 자신을 애도하기 위해 떠난 여행. 낯선 길, 낯선 바람, 낯선 냄새, 낯선 손짓, 낯선 목소리, 낯선 눈빛. 모든 것이 낯선 곳에서 낯선 시간을 보내니 그동안 익숙했던 내 모습이 조금은 지워지는 것 같았다. 그제야 나는 좀 살 것 같았다. 내가 그동안 애써왔던 모든 시간이 손안의 모래처럼 쥐면 쥘수록 사라지는 것 같아도, 그래서 나라는 존재가 몹시 쓸모없고 가치 없게 여겨져도, 낯선 곳에서 실컷 울고 나니 다시 걸어갈 용기가 조금 생기는 것 같았다. 그래서 나는 농부가 되어 사막을 경작하기로 한 것이다.

사막 한가운데 모래밭에 심은 씨앗이 싹이 날 리 없지만, 거센 모래폭풍이 불어와 애써 심은 씨앗들이 사라질지 모르지만, 나는 한번 믿어보기로 했다. 아무리 하찮은 것이라 해도 그동안 애써온 시간은 결코 사라지지 않는 것이라고. 꼭 지금 당장이 아니더라도, 햇볕도 바람도 비도 모든 것이 알맞을 때 가장 적절한 장소에서 작은 싹을 틔울 거라고. 그것이 비록 다음 생이라 할지라도.

여느 관광객처럼 구경이나 했으면 편했을지도 모르겠다. 피곤한 여행 틈틈이 그림을 그리고 일기를 쓰면서, 다소 고지식한 여행자를 애써 설득해 가면서, 말도 통하지 않는 사람에게 곡괭이를 빌리고, 또 그걸 들고 사막에 가며, 함께 간 여행객에게 새벽부터 촬영을 부탁하는 민폐를 끼치면서 나는 왜 이런 쓸데없는 짓을 하게 된 걸까? 사실 나는 이 쓸데없는 짓이 좋았다. 낯선 여행자들과 낯선 곳으로 떠나는 불편함과 두려움이 전혀 아깝지 않았다. 알제리 해변에서, 사하라 사막에서 내가 벌인 무의미해 보이는 작은 도전들이 나를 다시 숨 쉬게 해주었으니까. 살게 해주었으니까.

그래서였다. 부질없고 별 볼 일 없어 보여도 뉴욕에서 뭔가를 하나 해봐야겠다고 생각한 것이. "미지의, 경작되지 않은 새로운 땅에 정착하는 것은 천지창조 행위와 맞먹음"이라는 엘리아데 Mircea Eliade 말처럼 거창하지는 않더라도, 매일매일 나에게 다가오는 미지의 세상을 글과 그림으로 남겨보자 마음먹은 것이다. 아무것도 아니더라도 일 년 동안 꾸준히 할 수 있다면 분명 뭔가가 되지 않을까? 변기에 물을 버리는 일이라도 그것을 매일 한다면 하나의 의식이 되고, 죽은 나무에 매일 주는 물이 나무에 꽃을 피우게 할 수도 있다는 안드레이 타르콥스키 Andrei Tarkovsky의 말을 나는 믿기로 했다. 그렇게 지난 오 개월간 때로는 놀라움에, 때로는 의무감으로 매일매일 그림일기를 썼다.

얼마 전, 내가 정말 좋아하는 선생님께 생각지도 못한 질문을 받았다. 선생님이 뉴욕을 방문하셔서 우리는 맨해튼 거리를 함께 활보했다. 내로라하는 전시장 구경을 다니면서 모처럼 뉴요커의 기분을 만끽하는 중이었다. 또 선생님 지인분이 뉴욕의 근사한 백화점에서 일하고 계셔서 내 물욕을 자극할까 봐 그동안 멀리했던 백화점 구경을 함께했다.

아름다웠다. 진열대 상품을 예술적으로 완성하는 작은 디테일, 손이 절로 빨려드는 섬세한 옷감, 까다로운 눈을 만족시킬 세련된 색감. 비싼 물건이 제값을 다 하는지는 모르지만, 비싼 물건이 디자인도 더 좋고 품질도 뛰어난 건 맞다. 게다가 나는 눈으로 먹고사는 사람이라 한 끗 차이로 우아하고 세련돼 보이는 것이 눈에 더 잘 들어온다. 그러니 갖고 싶어질 수밖에. 평생 신지도 않을 거면서 화려하고 황홀한 구두를 구경하느라 나도 모르게 좀 흥분했던 것 같다. 그런 나를 보더니 선생님이 갑자기 물으신 거다. 이렇게 근사한 구두랑 내 그림값이 같으면 어떤 것을 사겠냐고?

구두를 만든 장인의 정성, 신는 사람의 품위와 안목을 높여줄 디자인, 돈과 시간을 들이지 않고서는 도저히 나올 수 없는 섬세한 디테일. 내 작품은 이 구두를 이길 수 있을까? 자본과 욕망이 가득한 이 상품을 이길 수 있는 건가? 매일 그린다는 이유로 시간에 쫓겨서 해치우는 경우도 많은 내 그림이 이 구두보다 더 낫나? 그동안 그림을 너무 대충 그린 걸까? 재능을 내놓은 디자이너, 구두 만드는 장인의 세월, 혀를 굴려서 마음을 훔칠 줄 아는 판매원. 구두 한 켤레를 팔려는 사람들에 비해 너무 성의 없이 내 그림을 대하는 걸까? 나는 뉴욕까지 와서 또 별 볼 일 없는 일을, 이다지도 어설프게, 그런데 또 매일매일 성실히 하는 걸까?

"프라다 매장에 제 그림 들고 가서, 같은 값이니까 가장 값 비싼 구두와 맞바꾸자고 우겨볼까요?"라는 농담을 했지만, 선생님의 질문에 생각이 물밀듯이 밀려왔다. 사는 것이 무엇이냐고 묻는 말처럼 예술이 무엇이냐고 묻는 말은 어렵다. 딱 맞아떨어지는 산수처럼 하나의 답이 있을 리 없으니까.

값어치로 따져 순위가 쉽게 매겨지는 것이 명품 구두라면 예술은 값어치로만 따질 수 없는 가치가 있다. 사람을 스펙과 능력으로 줄 세울 수는 있어도 그것이 함부로 사람의 가치고 전부라고 말할 수는 없는 것처럼 값어치 없다고 가치도 없는 것은 아니다.

그러니 이 세상에 시시한 노력이라는 건 없고, 하찮은 존재도 없다. 나는 오늘 구두 한 켤레가 던진 질문에 세차게 흔들리고 있었다. 나는 나를 열심히 항변하고 있었다.

욕망의 부적

길거리 공연을 하는 사람들에게 곧잘 일 달러를 주곤 했다. 그들을 돕겠다는 선하고 순수한 마음보다 오늘 나의 쥐꼬리만 한 베풂이 훗날 돈벼락 맞는 행운으로 돌아올 거라는 부적이랄까?

주머니에 가진 돈은 별로 없고, 지하철에서 만난 흑인 청년들의 춤 실력이 썩 훌륭하지는 않았지만, 나는 일 달러를 꺼냈다.

지금은 비록 일 달러지만 언젠가는 더 큰 가치로 돌아올 것이라고 생각하면 작은 것들도 값어치 있어진다. 육백만 원으로 떠나와 이 낯선 곳에서 몇 년을 살아가는 경험 역시 더 큰 가치와 비싼 값어치가 될 것이다. 한 천만 달러쯤?

피아노

'피아노라….'

프란시스코는 나보고 피아노 같은 사람이라고 했다. 그와 피아노 사이에 어떤 사연이 있는지는 모르지만, 오묘한 기분이 들었다. 언젠가 우연히 프란시스코가 피아노 치는 영상을 봤다. 피아노 앞에 그는 멋지고 아름다웠다. 자신이 작곡한 곡을 멋부리지 않고 정성 들여 치는 모습은 빛이 나는 것 같았다.

그는 이젠 더 이상 피아노를 치지 않는다고 했다. 그의 말속에서 피아노에 대한 애정과 아련한 슬픔 같은 게 묻어났다. 피아노를 그저 보기만 하고 더 이상 치지는 못한다고 말하면서, 내가 그에게 피아노 같은 존재라고 한 것이다.

'왜일까?'

궁금했지만 나는 묻지 않았다.

뉴욕 지하철

'뉴욕 지하철 어딘가 물고기 한 마리가 살 거야.'

이십사 시간 운행하는 뉴욕 지하철은 더럽고 냄새가 난다. 날씨에 따라 천장에서 빗물이 뚝뚝 떨어지고 어디선가 눈이 날리는 게 신기하다. 속옷 같은 쓰레기는 물론이고 커다란 쥐도 자주 보인다. 오늘따라 선로 바닥에 물이 고여있어 악취가 더 심했다. 작은 웅덩이처럼 고인 물을 보며 생각했다.

'쥐가 아니라 예쁜 물고기가 살면 안 될까?'

허리케인 샌디가 오고 뉴욕 지하철이 물에 잠겼었지. 선로는 물론이고 플랫폼 위까지 물이 차올라 마치 폭우 내린 냇물 같았지. 게다가 맨해튼은 강과 바다를 끼고 있는 섬이니까 길 잃은 물고기 한 마리쯤 빈틈으로 흘러들 수 있지 않을까?

그래 이런 일, 진짜일지 몰라.

기다림의 다른 이름

지난 육 개월 동안 나는 길을 잃은 채 망망대해를 헤매는 것 같았다. 누군가 'You are here(너 여기 있어)'라며 내 위치와 자리를 꼭 점찍어준다면 인생이 얼마나 쉽고 편할까? 그래도 객관적으로 나의 좌표를 그려보자면, 이곳에서 나는 그저 '늦은 나이에 학생비자를 받아 어학연수를 온 지 육 개월 된 한국 사람'.

뉴욕에서는 어떻게 살아야 할까? 육 개월 동안 영어가 엄청나게 늘었나? 모르겠다. 다른 나라에 육 개월쯤 살면 언어쯤은 쉽게 익힐 수 있을 것 같지만, 살다 보면 육 개월은 그냥 가는 시간이다.

그동안 나는 뉴욕에 왔고, 살 집을 구했고, 내 생에 가장 많은 외국인 친구를 만났으며, 가장 못하고 싫어했던 영어를 매일 쓰고 산다. 나이 들어 할 수 없을 것 같았던 풋풋한 썸도 타보고, 뉴욕 첼시에서 열리는 전시에 참여해 그림을 팔기도 했다. 생각해 보면 많은 것을 해낸 육 개월인데, 또 한편으로는 마음이 몹시 조급하다. 삶에서 중요한 것은 속도가 아니라 방향이라고 그럴싸한 말로 나를 설득해 보지만, 생각이 옳다고 행동이 쉬운 것은 아니다. 기다림의 시간은 여전히 힘들다. 앞이 안 보이는 길을 걸으면, 몸이 지치는 것도 문제지만 포기하고 싶은 마음도 커지니까.

뉴욕에서의 삶도, 작가로서의 내 인생도 비슷비슷한 거 같다. 작업하며 산다는 것은 분명 즐거운 일이지만 불확실한 땅에 발을 딛고 사는 것 같아서 늘 위태위태하다. 거기에다 재능의 문제까지 결부되면 자괴감에 휩싸이기 쉽다. 그래서 나는 나보다 어린 나이에 성공한 작가를 보면 마음이 괴로워질 때가 있다. 괜스레 작품이 내 취향이 아니라며 내심 부러운 속마음을 숨기기도 한다.

그럼에도 불구하고 나는 안다. 현실은 팍팍하고 내 재능은 대단치 않으나 내 꿈의 크기는 작지 않다는 것을. 그러니 노력과 기다림 말고는 별수가 없는 인생이라는 것을. 맨땅에 헤딩하듯 빈털터리로 뉴욕까지 왔으니 내 인생은 다시 바닥부터 시작인 셈이다. 솔직히 도전과 인내를 반복하는 일이 나도 좀 고단하다. 나 같은 사람은 차라리 분노와 악에 충실하는 것이 더 빨리 성공할 수 있는 길일지도 모르겠다. 그런 마음에 기대 살면 동기부여는 잘될 수도 있겠지. 그렇지만 나는 내 아까운 꿈을 악에 받쳐 이루고 싶지는 않다.

내가 나를 설득하기 위해 내린 결론은 '노력도 재능'이라는 것이다. 중고등학생들에게 그림을 가르치다 보면 성실하게 최선을 다하는 아이들이 꼭 있다. 왜 그렇게 열심히 하냐고 물으면 "전 재능이 없어서요"라고 수줍게 말한다. 대부분 독보적 실력의 학생이 아닌 경우가 많다. 그래서 재능이 없다고 생각하고 묵묵히 그림을 그린다. 내가 선생이란 답시고 "힘내, 열심히 하니까 언젠가는 다 잘될 거야"라고 하면 아이들은 그저 흘려듣는다. 오히려 속으로는 분노하고 있을지도 모른다. 이미 온 힘을 다하고 있는데 여기서 뭘 더 열심히 해야 하며, 뭐가 어떻게 더 잘된다는 건지. 제아무리 진심이라 해도 말에 이해와 공감이 실리지 않으니 무게 없이 들릴 수밖에 없다.

그런 아이들에게 "너 몰랐어? 노력도 재능이야. 그거 아무나 못 해"라고 하면 꾹 참아온 눈물을 터트리곤 한다. 그동안 자신의 재능을 끊임없이 의심하면서, 조금이라도 더 잘해보려고 애쓰느라 얼마나 힘들었을까? 기특하고 안쓰러운 친구들에게 내가 꼭 보태는 말이 있다. "맞아. 너 천재 아니야. 백 점짜리 아니야. 그런데 너 그건 아니? 네가 가진 노력의 재능은 이미 구십 점이 넘는다는 거. 네가 생각하는 것보다 네 능력이 이미 상당하는 거."

열심히 사는 사람은 자기 확신도 있어 보이고 열정도 넘쳐 보인다. 어려움 따위는 아무런 걸림돌이 되지 않는 것처럼 보인다. 그건 주변 사람의 생각이다. 순전히 착각이다. 그저 다른 방법을 몰라서 열심히 살 뿐. 노력하는 사람일수록 오히려 더 헤어나기 힘든 깊은 자괴감에 빠질 때가 있다. 애써야만 하는 삶이 너무 더디게만 가는 것 같아서, 자신이 힘내서 헤쳐온 거리가 고작 이 정도라고 생각하기 쉬우니까.

사실 학생들에게 건넸던 말은 내가 그 누구보다 간절히 듣고 싶은 말이었다. 하고 싶은 일을 하기 위해 애쓰며 견디는 일은 아무나 할 수 없는 것이다. 인내 없이 꽃이 필 수 없듯이 노력의 기다림은 재능의 다른 이름이다. 모두가 가질 수 없는 너무나 특별한 나만의 능력이다. 그러니 나도 재능이 충분하다고. 나 자신을 다독이기 위해 수만 번쯤 되뇌인 말이다.

인생의 파도타기,
생존은 롤러코스터

파도타기처럼

한 시쯤 영어학원이 끝나고 브라이언트 파크 Bryant Park 로 향했다. 오늘 날씨가 무척 좋을 거라는 일기예보를 듣고, 뉴욕의 봄 날씨를 즐기자고 마음먹고 있었다. 아무리 이국적인 곳이라 해도 그곳에서 생활을 하게 되면 결국은 낯섦도 그저 일상이 된다. 일상에 치이면 좋은 것을 보고도 좋은지 모르게 되니 일부러라도 시간을 내서 여유를 즐겨야겠다고 생각했다. 이렇게 날이 좋은지도 모른 채 컴퓨터 앞에서 혼자 시간을 보낸다면 너무 슬프지 않을까 싶기도 했다. 한 시간만이라도 햇볕을 흠뻑 맞으면 집으로 돌아간 후에도 오래도록 등이 따스울 것 같았다. 봄이 왔으니까.

오늘처럼 일과 일 사이를 내가 좋아하는 것들로 채워봐야겠다. 원하는 것과 필요한 것을 구분해야 욕망에 얽매이지 않는 삶을 살 수 있듯, 내가 원하는 것과 좋아하는 것을 구분할 수 있어야 소소한 일상이 빛을 발한다. 생각의 균형을 놓치면 삶의 균형도 놓치게 되니까.

뉴욕은 사람의 에너지를 곧잘 뺏어가는 도시다. 나를 보호하고 삶의 균형을 잘 유지하면서 이곳을 즐기려면 좀 더 삶의 기술이 필요하다. 마치 파도타기처럼. 수도 없이 넘어지고 물에 빠지는 것이 필수지만 도망치지 않고 즐겁게 파도를 타보려고.

뉴욕에서 돈 벌기

취업비자로 뉴욕에 오거나, 영주권이 있거나, 예술가 비자가 있는 것이 아니라면 학생 신분으로 왔을 때 뉴욕에서 일하는 것은 불법이다. 그렇지만 물가가 워낙 비싸다 보니 많은 유학생이 일을 구한다. 막상 잠깐 하려고 시작한 일에 생각보다 많은 시간을 쓰게 된다. 돈 쓰기 좋은 나라에서 살자니 돈이 더 필요하기도 하고, 채용하는 쪽에서도 가능하면 길게 일해줄 사람을 찾기 때문이다.

서빙 일은 잘만 하면 돈벌이가 쏠쏠한 모양이다. 작은 식당에서 일해도 비싼 뉴욕의 집세를 내면서 그럭저럭 산다고 룸메이트가 말해줬다. 아르바이트도 부지런히 하면 꽤 목돈이 되다 보니, 영어 공부나 다른 계획을 세웠을지라도 돈만 벌게 되는 경우도 많다. 실제로 이곳에 오래 살았어도 영어를 못하는 사람도 많고, 비자 만료 후 불법체류를 하며 일하는 사람도 상당수 있다고 들었다. 같은 시간을 투자하여 한국보다 두세 배 돈을 벌 수 있다면 나라도 남들 보기에 더 그럴싸한 뉴욕에

서 살고 싶을 것 같다. 게다가 미국 시민권자랑 결혼까지 하면 비자 문제도 해결되고 굳이 한국에 돌아갈 이유가 없겠지.

난 조금 늦은 나이에 이곳에 왔고 한국에서 삶도 만족스러웠기 때문에 일자리 찾는 게 오히려 어려웠다. 몇몇 한인타운 식당 면접도 봤지만, 나이가 많아서 퇴짜 맞기 일쑤였다. 어린 동료들이랑 어울리기 어렵고 부려먹기 힘들다고 생각한 모양이다. 아무튼 뉴욕의 좁은 한인사회에서 꽤 자리를 잡은 사람들이라서 텃세 비슷한 허세도 좀 있었다. 그러다 보니 나도 구태여 뉴욕 한식당에서 일하고 싶지 않았다. 솔직히 내 경제적 상황이 심각하기는 했는데 그와중에 배짱이라니 큰일이다.

거지가 된 이때, 친구 세바스찬에게서 갑자기 문자가 왔다. 하루 일하고 백 달러를 받는 일이 있다는 것이다. 코트 체크Coat Check라고 했다. 나는 무슨 일인지도 모르면서 일단 하겠다고 했다. 급했으니까. 일자리를 소개해준 친구는 나한테 그림 그리라고 잔소리를 하도 해서 평소 귀찮게 생각했는데 일을 소개해 주니 급 친한 척 대했다. 사람이 좀 간사한 거지. 아무튼 정말 고마웠다. 어쩜 이렇게도 딱 필요한 시점에 세바스찬은 나를 기억하고 일자리를 연결해 준 걸까?

오늘 갔던 곳은 채소나 과일 등 식재료들을 생산하는 곳에서 식당 등 관련 업체에 재료를 소개하고 홍보하는 행사장이었다. 거기서 내가 한 일은 참석한 손님들의 코트를 받아서 보관해 주는 코트 체크였다. 나는 세바스찬 이외에도 조슈, 웰이라는 미국인 두 명과 같이 일했다. 일하는 사람이 네 명인데다가 손님이 한두 명씩 와서 여유가 많았다. 의자에 앉아서 쉬기도 하고 수다도 떨면서 시간을 보냈다.

행사장은 음식이 넘쳐났다. 일하는 틈틈이 전시 홍보관을 둘러보면서 샐러드, 생굴, 과일, 아이스크림, 각종 견과류, 치즈 등을 공짜로 먹을 수 있었다. 게다가 홍보 업체들이 철수하면서 남은 식재료를 무료로 나눠주는 것이 아닌가! 내가 좋아하는 과일과 채소는 물론이고 빵, 연어, 주스 등 질 좋고 신선한 식재료를 잔뜩 얻었다. 친절하게도 튼튼한 가방에 넣어주기까지.

자정쯤 일이 끝나고 오늘의 일당인 백 달러를 수표로 받았다. 요전에 열린 동문회 전시에서 한국에서 가져온 그림을 한

점 팔았던 것 말고, 뉴욕에서 내가 노동을 해서 돈을 번 건 오늘이 처음이다. 코트를 맡긴 손님들이 일 달러에서 오 달러 정도 팁을 줬는데 함께 일한 사람들과 나눠가지니 사십 달러 정도가 덤으로 생겼다. 오늘 하루 약 십오만 원이 넘는 돈을 번 것이다.

집으로 오는 길, 백 달러 수표와 사십 달러 현금과 손에 가득 든 식재료들을 보니 뭔가 기분이 좋고 뿌듯했다. 뉴욕에 온 뒤로 사는 형편이 나아지기는커녕 한국에서보다 후퇴하는 중인데도 즐겁다니! 내가 드디어 미친 건가 싶었다.

그렇게 늦은 지하철에서 백사십 달러를 손에 쥐고 흐뭇한 마음을 만끽하고 있으려니 문득 여섯 살 때 기억이 떠올랐다. 언니를 따라 사 킬로미터 정도 떨어진 학교에 간 날이었다. 당시 유치원을 다니지 않았던 나는 대부분의 시간을 텅 빈 마을에서 혼자 보냈다. 그날따라 혼자 있기 싫었던 모양이다. 언니의 수업 시간을 얼마든지 기다릴 수 있다고 빡빡 우기며 먼 길을 따라나선 것이다. 큰소리는 잔뜩 쳤지만, 막상 쉬는 시간에만 나오는 언니를 운동장에서 기다리려니 지루하고 힘들었다. 하나도 재미가 없었다. 견디다 못한 나는 집으로 되돌아가고 싶어졌다. 그렇게 별생각이 없이 십 리 길을 혼자 되돌아가겠다고 학교를 빠져나왔다.

진짜 문제는 그때부터였다. 아침에 언니랑 같이 온 길인데도 혼자서 걸으니 어찌나 무섭던지. 겁나고 두근대는 마음을 누르느라 몸에 힘이 잔뜩 들어가서 진짜 죽을 맛이었다. 부지런히 걷고 또 걸었는데 겨우 중간 마을을 지나고 있다는 걸 알았을 때 나는 정말 울고 싶었다. 길 한복판에 멈춰서 오도 가도 못한 채 한동안 내 발끝만 내려다봤다. 흙먼지 가득한 비포장길은 움푹움푹 파진 작은 구덩이와 자갈뿐이었고, 나를 둘러싼 것은 논밭과 야트막한 산뿐, 사람이라고는 찾아볼 수가 없었다. 학교로 되돌아갈까도 생각했다. 그렇지만 나는 터질 것 같은 눈물을 삼키고 다시 걷기 시작했다. 왠지 그래야 할 것 같았다. 어린 내 생각에도 앞으로 가는 거 말고는 별다른 방법이 없어 보였다.

이상한 것은 내가 걷기로 결심한 순간이었다. 겁나고 무섭고 울고 싶도록 무겁고 뻣뻣하던 내 몸속에서 커다랗고 시커먼 구렁이 같은 게 가슴 쪽에서 녹아내려 발목 어딘가로 스르르 사라지는 느낌이 드는 거다. 그리고서는 몸이 한결 가벼워진 게 아닌가! 정말 신기하게도 그랬다. 지금 생각해 보면 놀랄만한 체험이지만, 그 당시 나는 이 이상한 거는 뭐지 싶다가 왠지 마음이 편해져서 안심이 되었다.

다시 걷는 길은 한결 수월했다. 엄마 아빠가 돌을 날라 쌓았다는 저수지를 지나, 멀리 우리 동네 사장 나무가 보이고, 마을회관을 거쳐서, 친구네 집 모퉁이를 돌고, 다리를 건너 드디어 우리 집 마당에 다다랐을 때 내가 느낀 감정은 잘 도착해서 다행이라는 안도감이 아니라 커다란 정복감 같은 것이었다. 혼자 해냈다는 자신감이 마음속에 넘치다 못해 온몸에 꽉 차올랐다. 마당에 서서 희열을 만끽하는 그 순간에 나는 정말 내 몸이 땅에서 한 뼘쯤 떠올라 태양처럼 빛을 환하게 내뿜고 있다고 생각했다. 내가 기억하는 가장 오래전 성취감. 그날 여섯 살의 나는 마음속 두려움도 극복할 수 있다는 사실을 온몸으로 배운 것이다.

오늘 내가 뉴욕에서 번 돈이 유난히도 뿌듯했던 건 여섯 살의 내가 겪은 경험과 비슷한 것이 아니었을까? 돈 없이 떠나온 유학길이 쉽지 않다는 것을 제아무리 짐작하고 왔다지만, 사실은 겁나고 두려웠던 나에게 자신감이 처음으로 생긴 날. 마음대로 편히 쉬기 힘든 외국 생활이지만 여섯 살의 내가 앞날을 미리 걱정하지 않았던 것처럼, 서른이 넘은 나도 너무 걱정하지 말자. 뭐 당분간은 돈이 부족해서 또 쩔쩔매긴 하겠지만 언제는 넉넉히 가져본 적이 있었나? 어차피 없는 거 너무 고민하지 말자. 이렇게 양손 가득, 내일 먹을 게 충분하니까.

그나저나 고마운 세바스찬에게 조만간 밥 한 끼 사야겠다.

네가 커피 한잔 사주면 만나주고

통장 잔액이 빵 원이다. 일 달러만 달랑 손에 들고 지하철에 타니 내가 어쩌려고 이러나 싶은 생각이 들었다. 십 년도 훌쩍 전에는 버스를 탈 수 있는 승차권 두 장과 자판기 커피를 마실 수 있는 동전만 있어도 마음 편히 집을 나올 수 있었다. 꼭 그 때가 생각난다. 싸구려 커피 한잔 마실 수 있는 일 달러.

내 인생에는 애초에 비빌 언덕이나 이용할 만한 수저 따위 는 있지도 않았지만, 늘 하고 싶은 것은 확실했다. 오히려 환 경의 궁색함이 내 의지를 활활 키워줬던 거 같다. 어떻게든 하 고 싶었으니까. 사람들은 종종 돈이 없으면 당연히 못 할 거라 고 짐작하고 포기한다. 그런데 아무리 둘러봐도 앞으로 나가 는 것 말고 별수가 없으면 인간은 안간힘을 쓰게 되어있다. 자 신이 좋아하는 일이라면 더더욱 그렇다. 가진 게 없으면 어쩔 수 없이 앞만 보고 달리게 된다. 둘러보고 비교해 봤자 화만 날 뿐 답도 없으니까.

그렇다고 내가 묵묵히 제 갈 길만 가는 그런 진중한 사람인

것은 아니다. 오히려 까탈스럽고 예민한데 쓸데없이 냉정하기도 하다. 게다가 생각을 담아두는 것도 잘 못해서 무엇인가가 옳지 않다고 판단되면 곧장 달려가 따지기도 아주 잘하고 불평불만도 많다. 다행히도 차고 넘치는 불평불만의 에너지를 신세 한탄하느라 낭비하지는 않았다. 오히려 이 전투력 최고치의 에너지는 내 삶의 방향을 설정하는데 좋은 판단력이 되었고, 느리지만 확실하게 나아가는 힘이 되었다. 어쩜 그래서 나는 늘 고난과 도전이 나를 성장시키는 힘이라 여겼는지도 모르겠다. 하늘이 어떤 사람에게 큰일을 맡길 때는 시련과 역경을 먼저 주는 법이라고 믿으면서.

그렇지만 아무리 내가 향상심에 불타올라 물불 못 가리는 인간일지라도, 일 달러만 손에 쥔 거지꼴이라니… 그것도 뉴욕에서….

나는 더 이상 자판기 커피만으로도 하루를 견딜 수 있을 만큼 어리지 않아서, 실제로 내 손에 일 달러만 남으니 덜컥 겁이 나다가 결국은 헛웃음이 나왔다.

'하하하. 정말 내가 어쩌려고 이러나.'

오늘 오랜만에 시간이 난다는 유삼의 전화를 받고 만남에 조건을 걸었다.

"네가 커피 한잔 사주면 만나주고."

사치, 고깟 커피 한잔

지난가을 뉴욕에 도착해 벌써 봄이 왔다. 뉴욕에 온 지 여덟 달이 된 것이다. 그동안 새로운 곳에 잘 적응하는 것이 우선이라며 노느라 가져온 돈을 다 썼다. 열심히 일자리는 찾고 있지만 생각보다 쉽지 않다. 그래서 나는 요즘 오만 원으로 먹고사는 줄타기를 하고 있다. 왜 꼭 오만 원인지는 모르겠지만, 뉴욕에서 어떻게 살아남을지 막막한 순간마다 돈이 생긴다. 신기하게도 매번 그게 딱 오만 원이다.

주머니에 남은 전 재산 오만 원으로 무엇을 할까 고심하다가 나는 커피에 투자했다. 거의 절반에 이르는 이만 원을 스타벅스 카드 충전하는데 냉큼 써버렸다. 먹고살기도 벅찬 코딱지만 한 돈인데, 거기에 절반 정도를 커피 카드 충전에 쓰다니! 나는 아주 대인배거나 그냥 한심하고 어리석은 쾌락주의자일 것이다. 그렇지만 따뜻한 카페라테 한잔은 내 낙이다. 일을 끝마친 후, 혹은 일하기 위해 내가 나에게 내리는 '상' 같은 것이다. 나에게 주는 작은 선물이랄까? 수중에 돈 오만 원이 남았든, 만 원이 남았든, 일단 커피 카드를 충전하면 마음이 든든하고 안심이 된다. 커피는 내 즐거움이니까. 보란 듯이 사치를 부려보고 싶었다.

커피가 사치라니… 낯선 땅에 대책도 없이 호기롭게 온 나를 응원한 누군가는 잘 살고 있으리라 기대했기에 실망했을지도 모르겠다. 고작 이만 원 어치인 커피 사치를 누리려고 뉴욕에 간 거냐고 내게 물을지도 모르겠다. 또 준비 없이 떠난 나를 무모하게만 보았던 누군가는 대책 없이 떠나왔으니 당연한 결과라고 웃고 있을지도 모르겠다.

그렇지만 낯선 땅에서 내가 겪게 된 이 몹쓸 상황이 그렇게 나쁘지만은 않다. 어른이 된 후로 나를 위해 시간 내지 못하고, 늘 시간을 쫓으며 산 가장 큰 이유는 돈 때문이었다. 돈이 있는 데도 혹시 없게 될까 봐, 원하는 만큼 충분히 못 벌게 될까 봐 늘 불안하고 초조해서 내 꿈 따위에게 온전히 내어줄 시간은 없었다. 그런데 이렇게 생존이 위태로울 지경에 이르니, 그것도 손 벌릴 데 없는 타국에서, 앞당겨서 하는 걱정과 보이지 않는 불안 앞에서 나 자신과 인생을 믿을 수 있는 작은 연습이 되는 것 같다. 통장 잔고가 빵 원 되었어도, 돈 좀 없다고 나는 죽지 않을 것 같다. 아슬아슬하고 답도 없어 보이는 이 인생을 어떻게든 잘 헤쳐나갈 수 있을 것만 같다.

지난 몇 달간 내가 홀로 치열한 사투를 벌여와서일까? 익숙한 곳을 떠나 낯선 곳으로 온다는 것은, 익숙한 불안을 떠나 낯선 불안으로 온 일 같았다. 어디에도 있을 불안이 미지라서 더 두렵고, 그것을 대처하는 나 자신이 생소하고, 도움을 쉬이 청하지 못하니 이곳에서 나는 나를 위한 투사가 되어야만 했다. 그렇게 더 커진 불안을 오롯이 견디고 찬찬히 들여다보고 또 다독이면서, 내 영혼의 단짝인 불안을 건강하게 견딜힘을 기르는 것. 이것이 내가 그동안 낯선 곳에서 살면서 매일 조금씩 해오고 있는 일이다.

나는 지금 여기서 내 삶이 좀 위태롭다고 해서 보이지도 않는 탈출구가 보인다고 말하는 소용없는 위로를 하고 싶지 않았다. 어차피 이 금액으로 내가 좋아하는 커피를 마시는 것보다 더 근사한 일은 없으니. 그러면 또 견딜 만할 테니까. 커피가 내 불안의 시간을 달래주는 달콤한 눈속임일 뿐이라도, 달게 쉬고 또 씩씩하게 걸어가면 좀 더 멀리 갈 수 있을 테니까. 어차피 멀리 떠나온 여행길이니 대범하게 나만의 사치를 부려본 것이다. 그것이 고깟 커피 한잔이라도.

두 번째 사치, 내가 가치 있게 키워줄게

세상에 다양한 형태의 예술과 예술가가 있지만, 나는 예술가와 삶이 분리되지 않는 게 좋았다. 아무리 멋지고 그럴싸한 작품을 내놓아도 정작 작가가 작품 속 자신의 말과는 너무 다른 모습으로 살고 있으면 예술가가 아니라 사기꾼 아닌가 싶다. 때론 그 사기가 너무나 능숙해서 아무도 눈치 못 챌 수도 있겠지만, 딱 한 사람만큼은 모르려야 모를 수가 없는 법이니까. 아무리 모두가 칭송하는, 소위 사상의 전위에서 지적인 방식으로 치열하게 작업하는 작가라 하더라도, 자기 연민에 허덕이며 자신조차도 돌보지 못하는 사람이라면 그저 미성숙한 인간으로 보였다. 적어도 나는 스스로를 돌보는 예술가가 되고 싶었다. 내가 어디서 어떤 모습으로 살든, 삶을 가꿀 줄 아는 사람이고 싶었다.

그런데 이놈의 예술가… 삶을 아름답게 가꾸기도 전에 굶어 죽게 생겼다. 뉴욕에 오고 나서 통장 잔액이 또 빵 원이 되었으니! 일자리도 아직 못 구해서 걱정하고 있는데, 며칠 전에

어학원 남학생이 내 그림을 사고 싶어 했다. 서로 사정이 비슷비슷한 유학생이라 그림 인쇄 비용과 약간의 수고비를 붙여 최소한의 금액으로 그림을 팔았다. 그사이 또 오만 원 정도가 생긴 거다. 인생이라는 것이 참 흥미로운 게 그래도 내가 살겠다고 하니 어떻게든 또 살게 되는 거다. 시들어가는 나무에 단비가 내리듯이, 이러다 어쩌냐고 하는 순간에 꼭 누군가 물을 주는 느낌이란 말이지. 기어이 다시 살아나라고.

나는 단비 같은 오만 원을 손에 꼭 쥐고 꽃집에 갔다. 약 사만 원 정도에 비교적 큰 제라늄 화분 한 개, 토마토 모종 네 개, 상추 모종 세 개, 사 킬로그램 가량의 흙 두 봉지를 샀다. 내 사정에 나 보기 좋자고 화분을 사는 것은 큰 사치지만, 식물을 키우고 싶어서 벼르고 벼르던 터였다. 이 와중에도 예쁜 테라스가 갖고 싶었던 거다. 그 마음을 채워보겠다고 양손에 물건을 가득 사들고 부리나케 집으로 돌아왔다.

모종을 심다 보니 화분에 흙이 좀 부족했다. 흙을 사려고 다시 꽃집에 들렀는데 불현듯 흙이 좀 비싸지 않나 싶은 거다. 혹시나 해서 다른 상점에 가보니 똑같은 흙을 훨씬 저렴하게 팔고 있었다. 나쁜 꽃집 아저씨… 내가 어리숙해 보여서 값을 두 배 넘게 속였구나! 이 아저씨가 흙 말고 꽃도 분명 비싸게 팔았을 거라 생각했다. 꽃집 아저씨한테 화가 났다. 바보 같은 나도 못마땅했다. 그런데 배까지 고파져서 기분이 몹시 나빠졌다.

'나쁜 아저씨, 거의 내 선 새산인데!'

　한편으로는 아저씨가 나를 속여 남긴 돈이 얼마 되지도 않는다고 위안하면서, 장사치가 당연히 이윤을 남겨야겠지 생각하면서 마음을 달래 봤지만 속상함이 가시질 않았다.

　화난 감정을 천천히 누르면서 집으로 돌아와 채소를 마저 심었다. 화분이 넉넉지 않아 상추와 토마토를 너무 옹기종기 심기는 했지만, 일단 이 정도로도 만족스러웠다. 쌀 떨어질 것을 걱정해야 할 주제에 전 재산을 털어 풀떼기나 소유하다니. 나란 사람도 정상은 아니구나 싶었다. 어쩌면 나는 당장 입에 풀칠하는 것보다 빵 원과 오만 원 사이를 몇 번이고 왔다 갔다 하는 위태로운 내 마음을 달래줄 기쁨이 필요했는지도 모른다. 그렇게 메말라가는 내 마음에 단비를 한번 내려주려고.

　제법 근사한 텃밭을 소유한 기념으로 그림이라도 그리기로 했다. 식물들을 천천히 보면서 그림을 그리기 시작하니 갑자기 너무 생생해 보이는 거다. 내 눈길에 애정이 듬뿍 담겨서 그러나? 마치 내가 자기들을 그리는 것을 아는 것처럼 느껴졌다.

　"너네도 내가 너희들 그리는 거 아니?"

나도 모르게 큰 목소리로 식물에게 말을 걸었다. 어린아이 같은 내 행동에 웃음이 나왔다. 내 마음속 소리가 밖으로 크게 튀어나올 줄은 나도 몰랐다. 시원하게 웃고 나니 꽃집 아저씨를 향한 속상한 마음도, 내가 괜스레 쓸데없는 돈을 쓴 게 아닌가 하는 걱정도 가시고 금세 기분이 좋아졌다. 나는 마치 처음 책상을 들여놓았을 때처럼, 친한 친구에게 하는 것처럼 식물에게 큰소리로 약속했다.

"비록 꽃 가게 아저씨가 좀 비싸게 팔았지만, 내가 그보다 더 가치 있게 키워줄게."

May .15

브라이언트 파크의 목요일 오후

브라이언트 파크에서

일광욕하는 심히 자유로운 사람들.

편안해 보인다.

그런데,

이 많은 사람이 맨해튼 한복판에 있다니,

쉴 곳이 참 없긴 없나 보다.

잠시 마음 놓을 곳이 여기뿐인 걸까?

응원해 줄게

베이리지 동네잔치에서 만난 아이. 고 녀석 바이킹을 성공적으로 타고 나서 자신이 정말 자랑스러웠던 모양이다. 상기된 얼굴과 힘이 잔뜩 들어간 어깨에서 세상을 정복한 듯한 기운이 뿜어져 나온다.

바이킹을 탈 때는 비명도 지르고 잔뜩 겁먹은 것 같더니, 두려움을 극복한 자신이 어지간히 자랑스러웠는지 당당하게 서 있었다.

귀여운 녀석! 그래, 맘껏 즐겨라. 응원해 줄게. 이제 네 인생의 차고 넘치는 고비 중 한고비 넘었을 뿐이지만, 기특하고 대견한 녀석, 내가 맘껏 응원해 줄게.

낯선 희로애락

누군가가 외국에 나가 살면 멋있어 보였다. 누군가가 뉴욕에 살면서 먹는 사진, 노는 사진, 그냥 길거리 사진을 소셜미디어에 올려도 뭔가 특별하고 좋아 보였다. 내가 뉴욕을 온 뒤로도 그랬다. 어떤 사람들은 뉴욕에 사는 나를 부러워했고, 어떤 사람들은 내가 너무 잘 지내는 거 같다고 했다. 나는 정말 좋기만 한가?

나도 '뉴욕까지 왔는데…'라는 생각을 떨치기란 쉽지 않았다. 남들이 갖기 어려운 기회를 잡았기 때문에 마땅히 기쁘고 행복해야 할 것 같았다. 사진 속에 특별해 보이는 순간들이 정말 영원한 순간이면 나도 좋겠다. 그렇지만 누군가 꿈을 좇는다고 해서 늘 행복하기만 해야 하는 걸까? 뉴욕에 온 이후로 나는 마치 힘들다고 말할 수 있는 자격도 상실하고, 슬퍼하고 괴로워할 수 있는 감정도 금지당한 것 같다. 내가 선택해서 나좋은 일하는 거니까.

현실에 매인 일을 과감히 뒤로하고, 꿈을 향해 간다는 것은

그 자체만으로도 강렬한 향기가 있는 것 같다. 그래서 당사자
도 주변인도 그 매혹적인 향에 쉽게 마취가 되나 보다. 모든
것이 좋고 달콤해 보이니까. 꿈을 이루는 과정의 고통과 괴
로움 따위는 쉽게 잊힌다. 대책 없이 떠나서 온 뉴욕 생활은
솔직히 이렇다. 도대체 내가 어디로 또 어떻게 가고 있는 건
지 예상할 수 없는 스릴과 공포를 넘나드는 롤러코스터를 타
고 있는 것 같다. 이해할 수 없는 일 투성이라 솟구치는 분노
를 수시로 삭혀야 하고, 그동안 상식이라 믿었던 것들이 전혀
통하지 않아서 마음대로 되는 일이 하나도 없다. 때론 여기가
뉴욕이라는 사실만으로도 신나고 흥분되다가도 이유 없이 기

력도 없고 우울한 날도 종종 있다. 또 내가 어려운 일을 그것도 영어로 처리해냈다는 자신감과 똑같은 단어를 여러 번 반복하고도 원하는 커피 한잔 얻어내지 못하는 자괴감 사이를 하루에도 몇 번씩 오가며 살게 된다. 결코 행복만 있는 것은 아니다.

그래, 나는 그냥 내가 살 곳을 뉴욕으로 바꾼 것뿐이다. 다른 모양의 사람들을 만나고 다른 언어를 쓰지만, 그냥 이곳도 사람 사는 곳이다. 그리고 나도 그 변하기 힘들다는 사람일 뿐이다. 그러니 남들 다 부러워하는 뉴욕까지 왔어도 전혀 즐겁지 않아도 된다. 행복하지 않아도 괜찮다. 이곳이 싫어도 되고, 사는 것이 외롭고 슬퍼도 되고, 불평도 많이 하고 화도 잔뜩 내도 된다. 내가 뭐 대단한 거 하겠다고 이러고 사는지 신세 한탄 실컷 해도 된다. 다 사람 사는 곳인데 뉴욕이라고 희희희희 하기만 하면 재미없지. 그건 좀 불공평하지. 날마다 극과 극을 오가는 공포와 희열 사이 모든 감정은 뉴욕이라서 생기는 유난하고 불편한 것이 아니다. 이건 내가 사람이라서 생기는 거다. 울고 싶어서 울면 뭐가 나쁘고, 화가 나서 화를 내면 안 될 건 또 뭐 있어? 내가 겪는 모든 희로애락의 감정들은 나만 겪는 격렬한 롤러코스터가 아니라, 내가 그저 평범한 인간이기에 너무도 당연하게 생기는 것들이다.

나는 어디에도 있는 희로애락의 감정을 폼 나는 뉴욕에서 맛보려고 여기까지 왔을까? 낯선 곳에는 기쁨만 있는 것이 아니라 분노와 슬픔도 있다고 혼자서 화를 내는 걸까? 나는 내 안에 이는 감정을 감추지 않고 인정하고 싶다. 꿈을 찾아 떠나온 설렘 가득한 곳일지라도, 사람 사는 곳이니 힘들 수 있다고. 행복해야만 한다는 마음만으로 나의 감정을 마비시키고 싶지 않다. 그래야 내 마음이 유연해져서 삶도 경직되지 않는 거니까.

내가 뉴욕으로 떠나온 것은 이곳에 희로애락이 없어서가 아니다. 여기에 낯선 희로애락이 있기 때문이다. 경험해 보지 못해 가늠하기도 힘든 감정의 소용돌이 속에는 익숙한 곳에서 내가 겪어보지 못한 나의 민낯이 있으니까 떠나온 거다. 연애할 때마다 결국 그놈이 그놈이라도, 우리는 그 속에서 매번 새로운 나를 만난다. 다른 사람을 만날 때마다 '내가 원래 이런 사람이었나?' 싶은 낯선 나를 발견하게 되는 것이다. 결국 연애는 나의 실체와 대면하는 일이다. 연애처럼 낯선 곳에 사는 것도 생소하고 낯선 나의 감정들과 날마다 마주하는 일이다. 달고 쓰고 눈물 나고 좋아 죽는 일이다. 그곳이 한국이든 뉴욕이든 아프리카든 우주든 달나라든 낯선 희로애락이 있는 곳에, 바로 거기에 내가 있다.

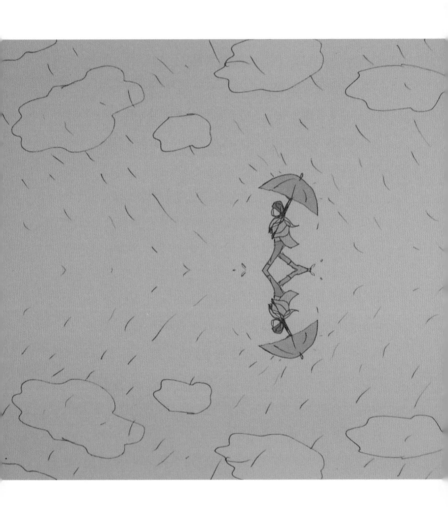

비

비가 오락가락

기온도 오락가락

요즘 뉴욕의 날씨가 내 정신 같다.

남의 살

   여름이 왔다. 지하철을 탄 사람들도 모두 여름 옷차림이다. 손바닥만 한 옷을 걸친 사람들을 보고 있으니 문득 떠오르는 이미지가 있다.

   여기 사람들은 살이 많지만, 살을 참 잘 드러내놓고 산다. 좋다 나쁘다 이런 판단이라기보다 나한테는 좀 익숙하지 않은 모습이랄까? 아무튼 길을 걷다가도, 지하철을 탈 때도, 학원에서 공부할 때도 여기저기 살덩어리들이 눈에 자꾸 보인다. 여름이 되다 보니 피하려야 피할 수가 없다.

   하여튼, 나는 그렇다. 본의 아니게 봐야 하는 남의 살이 귀찮다.

Elly's Market

　브루클린에 있는 엘리스마켓에서 일하게 되었다. 돈 계산을 하는 일인데 간단하고 쉬운 편이다. 실수할까 봐 걱정이 좀 된다. 워낙 숫자랑 안 친해서.

　계산대에 서있다 보면 인생이 참 아이러니하다는 생각이 든다. 학창 시절 내가 가장 못했던 과목이 수학이고, 제일 싫어했던 과목이 영어인데, 내가 영어로 말하면서 숫자를 계산하고 있다니 말이다. 물론 단순 물건 값 계산이 수학 과목 문제랑 같을 리 없지만, 싫고 못해서 일생을 피했던 것을 인제 와서 이렇게 자발적으로 해야 하는 상황이라니. 인생이라는 게 내가 외면하고 싶다고 해서 정말 다 그렇게 되는 건 아닌가 보다. 결국 어떤 식으로든 직면하게 되네. 그것도 내가 어려울 때, 예상치 못한 방식으로.

　그래도 이 일의 좋은 점은 미소 연습이다. 비록 철저한 자본주의 미소지만, 신기하게도 웃음 때문에 손님들과 친구가 되기도 한다. 확실히 웃음은 사람의 마음을 여는 힘이 있다. 생각해 보면 작은 문제가 생겼을 때 화내면서 따지는 것보다, 웃으면서 침착하게 설명했을 때 쉽게 일이 풀린 경우가 많았다. 적어도 상대방이 공격받았다고 느끼고 단단한 방어벽을 세우지는 않으니까. 내가 웃으면 사람들도 웃어준다.

일하는 가게에는 생전 처음 본 제품들도 많고, 유기농 상점이라 물건 값도 비싼 편이다. 오는 손님들도 대부분 좋은 먹거리와 건강한 식습관에 관심이 많다. 가게 손님 중에 꽃을 사가는 사람이 종종 있다는 것이 나는 참 좋다.

사흘째 일하는 오늘, 문밖 풍경을 보니 평화롭다. 그렇게 고르고 고르다가 겨우 가게 계산원을 하는 건가 싶기도 했지만, 현실은 현실이니까. 그 와중에 고르긴 참 잘 고른 것 같다.

아량

    이래저래 지하철에서 보내는 시간이 많아졌다. 서울에 있을 때도 지하철에서 한 시간 정도 보내는 건 대수롭지 않게 여겼던 터라 그다지 나쁘진 않다. 사람도 많고 소음도 있지만 지하철을 타면 왠지 다른 사람의 간섭이 없는 나만의 공간이 생기는 기분이다. 그래서 그럴까? 이상하게 나는 지하철에서 공부가 잘되었다. 지하철 독서실 같은 느낌. 사십 분 정도면 영어 단어를 외우기 딱 좋은 시간이다. 시험이 있거나 공부량이 많을 때는 일부러 돌아가는 지하철을 타기도 했다. 안내 방송, 오르내리는 사람들, 문 여닫히는 소리, 신기하게도 이런 소음이 거슬리지 않았다. 오히려 적당한 소음과 분주함 속에서 아무도 나를 신경 쓰지 않아 마음 편했던 거 같다. 게다가 정해진 목적지까지만 공부하고 내려야 하니까 제한된 시간인지라 집중이 더 잘 됐다.

    엘리스마켓에서 일을 시작한 뒤로, 새벽 다섯 시 반에 집을 나서게 됐다. 오후 두 시까지 일하고 맨해튼 어학원에서 네 시간가량 수업을 마치고 그제야 집으로 가는 지하철을 타면 늦은 저녁이 된다. 새벽부터 쉴 틈 없이 달려온 열다섯 시간. 지난 칠 개월 정도 놀기만 하다 일을 시작하니 거의 몸도 마음도 제정신이 아니다. 지하철에서 꾸벅꾸벅 졸기 일쑤다. 사실 뉴욕 지하철에서 잠들면 안 된다. 소매치기나 절도 등 범죄의 대상이 될 수 있기 때문이다. 게다가 경찰에게 잘못 걸리면 경범죄로 취급받아 범칙금을 낼 수도 있다. 어학원 선생님이 "스스로 범죄의 표적이 되게 한 것도 잘못"이라고 했다. 그렇지만 벌금보다 무서운 생활의 무게. 이렇게라도 눈 붙여두지 않으면 내일을 또 어떻게 견디라고.

오늘로 일을 시작한 지 일주일째. 고단하다. 아마도 금요일에 주급을 받지 않았다면 당장 때려치웠을지도 모르겠다. 이렇게 다시 시작된 노동과 학업의 쳇바퀴. 토요일 하루 집에서 뒹굴었다고 피로가 싹 가실 리 없다. 오늘도 아침부터 몸이 찌뿌둥하기는 했지만, 밖으로 나가면 집에 있는 것보다 기분이 더 좋을 것 같았다.

사람 많은 지하철. 날씨가 더워져서 그런지 졸거나 서로 기대서 잠을 청하는 사람들이 많다. 내 옆에 앉은 흑인 남자도 꾸벅꾸벅 존다. 그러다가 내 어깨에 머리를 기댄다. 보통 때 같으면 이럴 때 잽싸게 어깨를 뺀다. 귀찮고, 싫다.

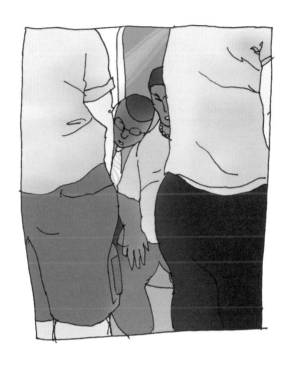

오늘은 그냥 내버려 뒀다. 이 사람 나보다 피곤한가 보다.

어려운 쪽을 붙잡는 일

뉴욕에서 살면서 힘든 건 돈도, 외로움도, 영어도 아니다. 마음을 다치는 것이다. 육 개월에 한 번씩은 마음에 폭탄을 맞는 거 같다. 그래서 펑펑 울기도 한다.

아주 사소하고,

하던 습관대로 하고,

예상을 미처 못 하고,

기대하고,

내 마음대로 믿고,

혼자서 속고,

당황하고,

놀라고,

화나고,

상처받고.

뭐 그런 과정이다. 나처럼 뉴욕에 와서 약간 적응이 된 초기에 특히나 이런 경우가 생기는 것 같다. 내 심장을 살짝만 건들여도 고통을 그대로 느낄 수 있다. 그동안 나를 감싸던 보호막이 다 벗겨진 기분이다. 찔리고 조여서 숨이 멎을 것 같다. 좀 버겁다.

뭐 견뎌야지 어쩌겠어. 이럴 땐 괜찮다고 나를 속이는 것보다 그냥 힘들다고 말하거나, 이제 와서 쉽고 편한 해결책 따위는 없으니 그저 견디는 것 말고는 별수 없다는 걸 인정한다. 그게 오히려 속 편하다. 여기에 바람을 더한다면, 내가 겪는 일들이 나를 조금 더 크고 단단하게 만들어줄 거라 여기는 것이다. 아무 일도 일어나지 않은 나보다는 다른 내가 되어있겠지.

생명이 있는 모든 것은 어려운 쪽에 의지하고 있으며, 자연 속에 만상은 어떤 대가를 치르거나 저항을 받더라도 독자적인 것이 되려고 애쓰고 있다는 릴케Rainer Maria Rilke의 말처럼, 식물도 꽃이 필 때는 성장통을 앓는다. 열매를 맺을 때면 더 많은 애를 쓴다. 익숙한 곳을 떠나 보호막이 사라진 곳에 나를 온전히 노출하는 일은 무섭고 두렵다. 그렇지만 나를 낯선 곳에 두는 건 꽃피는 생명력, 어려움에 저항하며 대가를 치르는 일, 온전히 '나'로 태어나는 길이다. 그래서 가장 어려운 일인지도 모르겠다.

나 역시도 쉽고 편한 길이 얼마나 유혹적인지 안다. 험난한 인생에 쉽고 편한 길이 있다는 상상만으로도 달콤하다. 내 무거운 짐을 다 대신 지어준다는 어느 종교 광고에 마음이 혹하기도 한다. 그러나 내 인생을 살아내는 것은 오롯이 나 자신. 재력 좋은 보호자가 갈고닦아준 길이라도 장애물 없는 인생은 없다. 보호막이 사라져 내 심장이 칼바람 맞는 거 같아도, 그 고통 온전히 겪어 내 힘으로 이겨내는 것도 괜찮지 않을까? 낯설고 아픈 일을 견디면서 천천히 걸을 수만 있다면 괜찮지 않을까? 그럴 수만 있다면 언젠가 꽃피고 열매 맺지 않을까?

여름 지하철

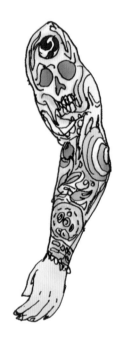

지하철에서 사람들을 유심히 보다 보면, 문신이 많거나

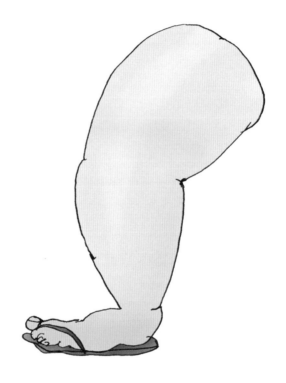

살이 많거나,

둘 다 많거나.

Ms Kim

주급 봉투

내가 한국에서 하루 일해 벌 수 있었던 돈을,

뉴욕에서는 하루에 여덟 시간씩 주 오일 꼬박 일해서 번다.

이것이 현재 뉴욕에서 내 사회적 지위다.

불건전한 생각

뉴욕에서 좋아하는 곳 중 하나가 자연사 박물관American Museum of Natural History이다. 그중에서 공룡을 보는 게 가장 좋다. 수만 년 전에 존재했던 흔적을 눈으로 직접 볼 수 있다는 게 놀랍고 신기하다. 게다가 자연사 박물관은 동물 박제가 참 멋지다. 동물 신체 일부를 벽에 걸어두는 방식으로 전시하지 않고 대신 동물이 사는 환경이 연상될 수 있도록 바닥에 흙이나 돌을 깔아두었다. 또 박제된 동물과 어울리게 뒤쪽으로는 아름다운 풍경을 솜씨 좋게 그려 넣었다. 동물이 사는 환경을 연출하고 전시하는 방법이 제법 그럴싸하고 멋져서인지 박물관에 갈때마다 내 눈이 황홀했다. 신경 좀 많이 쓴 느낌이랄까?

비교적 넓은 녹지대에서 사는 브롱스 동물원Bronx Zoo의 동물을 보는 것도 그랬고, 너무나 훌륭하게 꾸며진 자연사 박물관도 그렇고, 가만히 보고 있으면 왠지 처연하고 슬픈 감정이 들기도 했다. 멋진 전시를 관람해서 내 눈이 황홀한 것과 다르게 양가적인 마음이 드는 것이다. 인간이 만든 세상에 칸칸이 전시된 동물들. 저마다 가장 멋지고 근사한 모습으로 대기 중인 동물들을 보니 나는 좀 불건전한 생각이 들었다. 마치 조명 아래 서서 손님을 기다리는 사창가를 보는 듯한 묘한 느낌. 사람의 욕망이 동물들을 저 작은 칸 안에 '대기'시킨 듯 쓸쓸한 마음이 들었다.

멋진 곳에서 난 너무 불건전한 생각을 하는 걸까?

슬프고 간절하게

오랜만에 메트로폴리탄 박물관Metropolitan Museum of Art에 갔다. 멀리서 나를 보러 온 친구와 딸 덕분에 모처럼 뉴욕 관광을 다니는 중이다.

넓은 전시장을 짧은 시간에 다 볼 수는 없어서 일단 이집트 관과 유럽 회화관만 돌아보기로 했다. 이집트 관련 유물은 런던의 대영 박물관The British Museum이나 이집트의 카이로 박물관에서 봤던 게 아무래도 더 좋았다. 이집트는 자국이니 그렇다 치더라도, 솔직히 대영 박물관에서 어마어마한 이집트의 유물들을 볼 때는 좀 화가 났다. 이집트에 여행을 가보니 대부분 유물은 도굴당하고, 훔치기 힘든 빈껍데기만 남아있었다. 그렇게 사라지고 뜯긴 유물들이 선진국이라고 하는 영국 런던에 떡 하니 전시되어 있다니! 참 대단한 건지 뻔뻔한 건지 모르겠다. 그러니 나라든 사람이든 돈과 권력이 그렇게 갖고 싶은지도 모른다. 남의 것을 훔치고도 비굴하지 않고 당당할 수 있으니 얼마나 좋아.

　미국은 비교적 신생 국가라서 별수 없이 사 온 유물들이 많다고 들었지만, 뉴욕 메트로폴리탄 박물관의 이집트관도 입구부터 화려했다. 아무것도 남아있지 않은 이집트 피라미드 내부를 볼 때 느꼈던 내 허망함을 대신해 주기라도 하듯.

　나는 일행과 떨어져서 사람들이 많이 드나들지 않는 구석을 찾았다. 뭔가 버려지고 어둑한 느낌이 드는 작은 공간이었다.

전시된 것은 대부분 이집트 왕가의 무덤에 있던 관이었다. 어딘지 가라앉고 침울한 분위기. 그중 나를 멈추게 하는 작품이 있었다.

소박한 관이었다. 외관에 사람이 그려져 있었다. 팔다리를 꽉 옥죈 듯한 몸, 가만히 천장을 향한 얼굴, 새처럼 생긴 까만 테두리를 두른 두 눈, 동그란 눈동자. 그렇게 우리 눈이 마주쳤을까? 관에 그려진 두 눈이 울고 있는 것 같았다. 집으로 돌아가고 싶다고 내게 말하는 것 같았다.

아주 슬프고 간절하게, 우리 모두 그런 눈빛을 가지고 사는 건 아닐까?

영어처럼 안 되겠지?

1

뉴욕은 베이글이 맛있다. 내가 일하는 가게 건너편에도 '베이글 월드'라는 맛있는 베이글 집이 있다. 뉴욕 초보자인 내가 볼 때 재미있는 베이글 이름이 있다. 바로 '에브리싱 Everything'. 소금이며 깨며 갖가지 자잘한 것들이 듬뿍 뿌려져있다. 그 베이글을 보면 왠지 이름의 이유를 딱 알 것 같다.

2

테라스에 있는 토마토 화분에 양분이 부족한가 보다. 토마토가 잘 자라지 못한다. 꽃집에 거름을 사러 가야 했다. 그런데 거름이 영어로 뭐지? 인터넷도 뒤져보고 온갖 고민 끝에

"I am looking for organic substance added to soil to enrich it."(나는 토양을 기름지게 해줄 양분을 찾고 있어)

라고 했더니

"Plant Tone!"

하고 꽃집 주인이 짧게 말한다. 쳇, 이러니 영어 때문에 짜증나고 힘들어도 배워야지 어쩌겠어. 하나라도 더 알면 구구절절 설명하고 헤맬 필요 없이 너무 쉽고 간단하잖아. 그나저나 영어는 열심히 노력하면 어떻게든 될 거라는 믿음이라도 있지만, 이놈의 인생은 영어처럼 안 되겠지?

상식 없는 여자

이제 엘리스마켓에서 일한 지도 거의 한 달이 되었다. 모처럼 사장님이 와서 고쳐야 할 것들을 지적해 주셨다. 처음 해보는 일이니 아무래도 실수는 있겠지. 사장님은 지폐를 정리할 때 한쪽 면으로 정리해달라고 했다. 소소한 지적이었다. 그러면서 하는 말이 앞면과 뒷면 정도는 구분해서 계산함에 넣는 것이 돈에 대한 '상식Common Sense'이란다. 내가 처음 하는 일이라서 한 달간 적응하는 것을 보고 알려주는 거라고 하셨다.

'음, 그거 뭐 대단한 일이라고 처음부터 알려주시지. 이거 뭐 한 달씩이나 지켜볼 일이야?'

기분이 썩 좋지 않았다. "돈을 다룰 때 서로 일하기 좋게 앞뒤를 구분해서 정리해 주세요"라고 처음부터 말했으면 될 것을. 상식을 들먹이며 이야기하니, 졸지에 나는 '상식'이 없는 사람이 된 것 같았다. 도대체 그딴 '상식'이 뭐길래? 생각하면

할수록 점점 더 화가 났다.

　내가 그렇지 뭐. 사람들이 말하는 상식이 있었다면 이렇게 대책 없이 훌쩍 뉴욕으로 오지 않았겠지. 내가 좀 더 상식이 있었다면 성공하기도 돈 잘 벌기도 어려운 작가가 되겠다고 하지 않았을 테고, 내가 상식적인 사람이었다면 남들처럼 제때 결혼하고 제때 애 낳고 제때 차 사고 집 사고 그렇게 살았겠지. 내가 상식이란 게 있었다면 남들 보기 좋게 나이와 성별에 부합하게 행동했을 테고, 내가 가진 돈과 환경에 맞게 현실과 적당히 타협하며 살았겠지. 꿈 따위는 어디까지나 꿈으로 남겨두고. 또 모르지. 꿈 같은 거는 애초에 존재하지도 않았을지.

　나는 '상식'이란 게 없어서 여기까지 왔고
　나는 '상식'을 까먹고 살아서 맨땅에 헤딩도 잘하고
　나는 '상식'이 뭔지 몰라서
　늘 불가능한 것을 가능하다고 혼자 우기면서 산다.
　그래 나는 상식 없는 여자다!

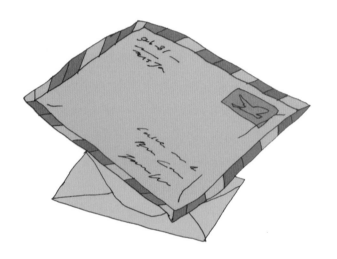

미련 배달

마음 같은 건 우편물로 붙일 수 있으면 좋겠다. 옆집, 뒷집 말고 꼭꼭 포장해서 멀리멀리 돌아오지 못할 곳으로.

이십 대 중반쯤이었나? 한 삼 년가량 뉴욕으로 부지런히 편지를 썼던 적이 있다. 브루클린에 사는 선생님께 편지를 종종 부쳤다. 생각해 보면 즐겁고 재미있는 인생이었지만, 자주 우울했었다. 친구의 말처럼 불확실함을 견뎌야 하는 젊음은 절망이었으니까. 아무튼 우울할 때마다 멀리 유학 가있는 선생님께 편지를 썼다. 내 마음을 편지로 부치면 내 속상함은 날아가고, 외로운 유학 생활을 하는 선생님께는 그래도 반가운 소식이 될 테니.

오늘 소포를 하나 부쳤다.
내 마음에 미련도 함께 배달되어 버렸으면 좋겠다.

안녕 세바스찬

마지막으로 세바스찬을 보기로 했다. 이틀 후면 콜롬비아로 돌아간다고 했다. 일을 마치고 세바스찬을 만나기 전까지 시간이 남아서 근처 공원에 갔다. 벤치에 누워서 잠도 자고, 책도 읽고, 생각도 정리하면서 시간을 보냈다. 자다가 깨서 하늘을 보니 나뭇잎이 하늘거렸다. 공원 한가운데 나무 그늘에서 신세 좋고 팔자 좋은 낮잠이라.

가만히 올려다보니 나뭇가지에 신발 두 짝이 매달려있었다. 정확한 이유는 모르지만, 높은 곳에 저렇게 신발을 거는 게 남미 사람들의 문화라는 말을 들은 적이 있었다.

저 높은 나무에,
어떤 간절한 마음 걸어두었을까?

Who Cares?

정신을 가다듬고 바르게 살고 싶다. 뭐 뜻대로 잘은 안 되지
만. 몸도 마음도 함께 다듬고 싶은 생각이 들었다.

이 핑계 저 핑계로 미루면 운동은 시작도 하지 못할 거 같
아서 집 앞 요가 학원을 등록부터 했다. 한국에서는 핫 요가라
고 불리는 비크람Bikram 요가다. 온도가 높은 방에서 하는 운
동이다 보니, 요가 학원에서 꿉꿉하고 습한 목욕탕 냄새가 났
다. 나는 후덥지근하고 텁텁한 공기 때문에 대중목욕탕이나
찜질방을 싫어한다. 안 간다. 그렇지만 또 이런저런 핑계를 대
며 모처럼 결심한 일을 미루고 싶지는 않았다.

수업을 등록하면서 얼핏 둘러보니 사람들의 옷차림새가 거
의 수영복 수준이다. 남자들은 상의를 입지 않는다. 수업받아
보니 왜 그렇게 입는지 알겠다. 가만히 있어도 더워죽을 것 같
은 찜질방 같은 공간에서 한 시간 반 동안 쉬지 않고 운동을
하니….

뭐 요가 자체는 그럭저럭할만하다. 유연성이 하나도 없어

서 몇몇 동작이 불가능하고, 허리 다쳤던 것 때문에 몇몇 동작들은 조심해야 하지만. 문제는 공기다. 땀을 비처럼 흘리는 건 견딜 수 있는데 숨쉬기가 무척 곤란하다. 산소가 너무 부족하다. 목이 졸리는 기분이랄까? 숨이 턱턱 막히니 이걸 계속 들어야 하나 말아야 하나 고민이 되는 것이다.

푹푹 찌는 꽉 막힌 공간에서 구십 분 동안의 요가를 마치면 내 얼굴은 새빨간 토마토가 된다. 사람들은 간단하게 샤워하고 옷을 갈아입고 집으로 돌아가는데, 나는 애매한 샤워도 싫고 찝찝한 상태로 옷을 갈아입는 것도 싫어서 요가복을 입은 채로 집에 온다. 민소매티셔츠를 입고서는 외출도 하지 않는 내가, 거의 수영복 수준의 요가복을 입고 땀에 젖어 얼굴이 터지기 직전이어도 그냥 그대로 집에 걸어온다. 집까지 오 분 정도 걸리는 짧은 거리이기도 하지만 내가 모양새를 전혀 신경 쓰지 않는 건 여기가 뉴욕인 탓이다. 누가 뭘 하든, 내가 어떤 모습이든 아무도 신경 쓰지 않는 곳이기 때문이다.

뉴요커들의 빈 마당

'뉴욕, 맨해튼 도심의 성지는 공원이 아닐까? 빠르고 정신 없는 도시의 일상에서 잠시 쉴 수 있는 곳, 몸을 땅 위에 누이 고 신발을 벗고 가방은 던져두고 마음을 놓을 수 있는 곳. 뉴 요커의 빈 마당….'

브라이언트 파크 나무 그늘에서 책을 읽다가 잠시 덮어두고 이런저런 생각을 하고 있었다. 그런데 갑자기 어떤 흑인 남자 가 말을 걸었다.

"Do you speak English?"

나에게 영어 할 줄 아냐고 물었던 이 남자는 자신을 영적 교사Spiritual Teacher라고 소개했다. 그러면서 내게 인생에 대해 뭔가를 가르쳐 주겠다면서, 내가 읽다가 덮어둔 책을 펼쳤다. 그는 몇 구절을 자신의 노트에 옮겨 적더니, 그 말을 내가 이해할 수 있도록 바꿔주겠다고 했다. 그리고 나선 상당히 고심하며 노트에 뭔가를 열심히 적고 있었다. 나는 이 남자가 도대체 왜, 나에게 무엇을, 이런 방법으로 설명해 주려 하는지 몹시 호기심이 생겼다.

그가 말하기를, 그는 지난 오 년간 오쇼 라즈니쉬Osho Rajneesh의 책을 다섯 권 읽으며 공부한 사람이고, 오쇼의 가르침을 따르는 제자라고 했다. 그는 실제로 노숙하며 지내왔다고 했는데 여느 노숙자들과는 달리 단정하고 깨끗했다.

브라이언트 파크 한복판에서 갑자기 벌어진 일이 좀 신선하긴 했지만, 솔직히 그 남자의 말을 다 믿을 수는 없었다. 그래서 그가 인생에 대해 무슨 말을 했는지 도무지 기억이 나질 않는다. 내가 그의 말을 신뢰할 수 없었던 것은 생의 깨달음이 오 년 동안 다섯 권의 책을 읽었다고 올 리 없다는 생각도 있지만, 무엇보다 그 사람의 눈빛 때문이었다.

눈이 맑지 않았다. 두 시간이 넘는 대화 동안 그 사람의 눈을 유심히 봤는데, 조금이라도 새어 나오는 한 점의 빛도 없었다. 생기 없는 눈동자가 무감각해 보였다. 죽어있는 것 같았다. 내가 그에게 행복하냐고 물었을 때 그는 한 치의 망설임도 없이 행복하다고 답했지만, 나는 그 말을 믿지 않았다. 자기가 따른다는 오쇼의 표현대로 하자면, '자신의 자아가 행복하다고 스스로를 단단히 속이고 있음'을 모르는 사람처럼 보였다.

진정 행복하다면 빛나지 않을 리 없다. 그 아름다운 빛이 새어 나오지 않을 리 없다.

행복하지 않은 그의 눈빛 때문에 나는 새로운 사람과의 만남에 금세 흥미를 잃었지만, 왠지 신비한 문이 열려 뉴요커들의 빈 마당에 초대받은 느낌이 들었다. 브라이언트 파크만 오면 생각지도 못한 누군가를 만나 이야기꽃을 피우게 된단 말이지.

맞서지 않고 사는 법

빈 배

　어떤 사람이 나에게 화를 내거나 무시하며 함부로 대한다
고 느끼면 나도 파르르하고 거센 감정이 들불처럼 일어난다.
아무리 반응하고 싶지 않아도 화가 절로 난다. 마치 반사되는
거울처럼, 처음에는 그 사람이 나를 무시한 만큼 나도 화를 내
다가, 그 사람 때문에 내 기분을 완전히 망쳤다고 생각이 들
면 그때부터는 내가 받은 감정보다 몇 배는 더 크게 대갚음해
주고 싶어진다. 복수하고 싶은 느낌이랄까? 그래야만 내 속이
풀릴 것만 같다. 나는 상대방이 먼저 시작한 나쁜 감정이 내
안에서 순식간에 일 때가 있는데, 그럴 때면 화가 나서 견딜
수가 없다.

　그것도 곰곰이 생각해 보면,
　어떤 사람의 감정은 나와는 전혀 상관없는 일.
　그 어떤 사람이 자기 화에 못 이겨 나에게 화풀이했고,
　그 어떤 사람이 못나서 괜스레 나를 무시했고,

그 어떤 사람의 나약함이 나를 함부로 대하게 했을 텐데.

왜 나는 이토록 격렬하게 반응하는 걸까?

나와는 상관없는 일에 연루되어 주체할 수 없는 화가 날 때가 있다. 그러고 싶지 않은 마음을 먹는 게 늘 숙제였다. 나쁜 감정에 일일이 반응하지 않을 수만 있다면 한결 사는 것이 기쁘고 수월하지 않을까? 쓸데없는 에너지 낭비도 줄 거야 아마. 그런데 며칠 전에 오쇼 라즈니쉬의 《빈 배》(영어 원제 The Empty Boat: Encounters with Nothingness, 2011 Osho Media International)라는 책을 우연히 읽었다. 거기에 내 마음을 사로잡은 장자의 이야기가 있었다.

홀로 나룻배에 앉아 명상에 잠긴 장자는 다른 배가 부딪혀와 눈을 뜬다. 자신의 명상을 깨운 무례한 인간에게 화를 내려고 보니, 그 배는 비어있었다. 아무도 타지 않은 빈 배였던 것이다. 화를 내봤자 자신만 우스꽝스러워질 뿐, 배를 향해 성을 내려던 장자는 오히려 자신에게 부끄러움을 느낀다. 오쇼는 이런 장자의 이야기에 빗대어 세상이라는 강을 건너는 자신의 배를 '빈 배'로 만들라고 했다. 나 자신을 비우면 아무리 서로 부딪치고 얽혀도 아무도 나에게 소리치지 않을 거라고, 누구도 나와 맞서거나 상처 입히려 하지 않을 것이라고.

그러네, 맞네. '나'는 그동안 '나' 자신으로 너무 많이 채워져 있었네. 그렇게 단단한 것이야말로 진짜 나다운 '나'라고 믿고 있었네. 그러니 나에게 소리치며 적대적으로 오는 것마다 족족 부딪칠 수밖에. 나를 채움으로써 더 단단하게 성장할 것이라 생각해 왔던 내가, 과연 잘 비워낼 수 있을까? 비우고 싶다. '나'란 흔적 남기지 않고 깨끗하게.

내 배에 저녁 노을빛만 물들었으면 좋겠다. 고요한 빈 배에 물결 소리만 담겼으면 좋겠다. 누구와도 맞서지 않고 나와 상관없는 감정으로부터 자유롭고 싶다. 부디 나에게 와 맺히지 말고 가뿐히 나를 통과해 가시길.

Evolution

　뉴욕에 살면서 '동물'처럼 생긴 사람을 자주 본다. 분명 인간의 모습인데 이상하고 오묘하게 사람이 아닌 것 같다. 분명 사람인 건 맞는데 막 인간의 껍데기를 갖췄을 뿐, 얼마 전까지 동물이지 않았을까 싶은 그런 느낌. 그래서 사람이 모두 인간의 탈을 쓰고 있다 하더라도, 다 같은 정도의 진화를 한 것은 아니구나 싶다. 겉보기에 사람의 상태라 해도 속은 아직 짐승에서 다 벗어나지 못한 거지.

　이런 이야기를 조잘거렸더니, 하프샤가 깔깔거리며 웃었다. 내가 마치 대단한 유머를 구사한 것처럼. 백과사전 같은 큰 책을 매일매일 끼고 사는 하프샤는 지성인으로서 비논리적이고 비과학적인 내 말에 그저 웃기고 재밌다는 제스처를 했다. 하프샤가 나에게 "네 말이 맞아" 하는 순간 인간의 상하와 귀천을 따지는 몹시 문명인답지 못한 사람이 될 테니 말을 아낀 것이 분명하다. 하지만 나는 알 수 있었다. 그의 박장대소는 본능적이고 강력한 동조의 웃음이었다는 걸.

한여름 밤의 꿈

일을 마치고 미드맨해튼 도서관Mid-Manhattan Library에 들렀다. 브라이언트 파크 바로 옆이라, 책을 빌린 후 공원에서 읽고 가기에 좋다.

공원을 지나는데 무슨 행사가 있는 모양이다. 공원 중앙의 잔디밭에 들어갈 수 없도록 사람들을 통제한 채 일일이 짐 검사를 하고 있었다. 궁금해서 물어보니 오후 여덟 시 삼십 분경 야외 영화 상영이 있다고 했다. 상영하는 영화는 〈이티〉라고 했다.

'지금이 여섯 시니까 도서관에 들렀다가 큰 커피를 산 후, 공원으로 가서 책을 두어 시간 읽으면 영화가 시작되겠지?'

영화까지 딱 보고 집에 갈 수 있겠다 싶었다. 시간이 늦어지면 피곤하겠지만, 여름밤 야외에서 영화를 보는 것도 꽤 낭만적일 듯했다. 몇몇 지인들에게 문자를 했는데 다들 관심이 없었다. 오히려 혼자 있으면 뭔가 더 재미있는 일이 생길 것 같은 실렘이 슬쩍 들기도 했다.

　도서관에서 책을 빌리고 커피를 사서 공원으로 오니 사람
들이 정말 많았다. 오늘 영화 상영을 후원한 미국 은행Bank of
America에서 나눠준 공짜 물과 팝콘을 들고, 덜 붐비는 자리를
찾아 앉았다. 영화 스크린과 거리도 적당했고, 테이블이 있어
서 책 읽고 그림 그리기에 좋은 자리였다. 옆, 옆 의자에 흰 셔
츠를 입은 한 남자가 책을 읽고 있었다.
　약간의 시간이 지나자 이런저런 안내방송이 나왔다. 수많은
사람이 공원 대기선에서 돗자리, 담요, 먹을 것 등을 잔뜩 들
고 "이제 잔디밭에 들어가셔도 됩니다"라는 말을 간절히 기다
리고 있었다. 허락을 알리는 방송이 나오자마자 경주하듯 달
려가서 잔디밭에 자리를 펴고 앉는 모습이 신기하다고 생각하
던 찰나. 바로 옆, 옆 의자에 앉았던 남자가 말을 걸었다. 혹시
오늘 무슨 특별한 행사가 있는 날이냐고.
　그렇게 우리의 대화는 시작되었다.

　영화 상영을 하는 것 같다고 내가 답을 해줬다. 상영하는 영
화가 〈이티〉라고 알려주고 나서 이야기가 자연스레 이어졌다.
서로 읽던 책(그가 읽던 책은 니체의《차라투스트라는 이렇게
말했다》였다), 사는 이야기, 여행, 영화, 철학, 기타 등등 두

시간 정도 대화를 나누었다. 그러고 나서야 내가 그의 이름을 물으니 줄리안이라고 했다.

줄리안은 약학 공부를 거의 마친 상태라고 했는데 약사가 미국에서 어떤 직업인지는 잘 모르겠다. 미국에 와서 알게 된 빅터라는 친구가 UN에서 일한다고 했을 때도, US(미국)로 착각해 듣고서 '미국에 살면 누구나 미국에서 일하지' 했던 적이 있다. 아무튼 서로 궁금한 게 정말 많아서 이야기가 끊이질 않았다. 줄리안 할아버지 할머니가 인도에서 브라질 위쪽에 있는 가이아나Guyana로 이주했고, 부모님이 다시 뉴욕으로 이민을 왔다고 했다. 그렇지만 스물다섯 살의 줄리안은 뉴욕에서 나고 자라 뉴욕을 떠나본 적이 한 번도 없다고 했다. 나는 어딘가에 고정되기를 싫어해서 한곳에 정착하는 게 오히려 불편하고 불안한데, 나와는 참 다른 인생이다.

줄리안은 집으로 돌아갈 계획이었지만 나와의 대화가 재미있어 함께 영화를 보겠다고 했다. 이렇게 말이 잘 통하는 사람을 만나는 기회가 흔치 않다고 했다. 그가 사다 준 샌드위치를 나누어 먹고 영화를 함께 봤다. 사람들 가득한 공원에서, 그것도 맨해튼 한복판에서, 날 좋은 여름밤 대화가 되는 남자와 영화를 보니 뭔가 로맨틱한 분위기가 났다. 달도 유난히 예쁜 날이었다.

네 시간 정도를 쉴 새 없이 이야기할 수 있는 상대이면서,

그 이야기가 즐겁기까지 하기란 무척이나 어려운 일이다. 그래서 우리는 아주 기분이 좋았다. 영화가 중반으로 접어들 때쯤에는 마치 연인이라도 된 듯한 묘한 느낌이 들었다.

문제는 나다. 화장실이 너무너무 가고 싶은 거다. 초면에 쑥스럽기도 하고 영화가 곧 끝날 것 같아서 참고 기다리다가 결국은 화장실에 가야겠다고 말을 했다. 우리는 같이 자리에서 일어났다. 일어나서 그의 얼굴을 정면에서 보니, 이야기 나눌 때와는 좀 다른 사람 같아 보였다. 마치 환상에서 깨어난 듯한 느낌이랄까? 아마 그도 그랬을지 모른다. 대화에 푹 빠져있다가, 꿈에서 깨듯 이 사람이 그 사람인가 하고 나를 봤을지도 모른다. 약간의 어색함도 잠시, 우리는 반가웠다는 포옹을 하고 다시 보자는 악수를 했다.

뭔가 모를 야릇하고 로맨틱한 분위기를 그놈의 오줌이 다 깨놓다니. 나도 참. 그렇지만 또 어쩔 수 없었다. 나는 내 인생 최초로 서른이 넘어서 옷에 오줌을 싸는 초유의 사태가 벌어지기 직전이었으니까. 화장실 줄이 어찌나 길던지. 늦게까지 문을 열었던 레스토랑 바텐더의 도움으로 나를 간신히 위기로부터 구하고 집으로 돌아오는데 마치 단꿈을 꾼 듯했다.

나는 우연히 만나 즐거운 대화를 나눌 수 있어서 좋았다는 문자를 줄리안에게 남겼다. 그가 나에게 연락할지는 나도 모르겠다. 그건 그의 몫이다.

아무렴 어때

오후 여섯 시경, 아울스 헤드 파크Owl's Head Park 언덕배기
에 누우면 등이 따뜻하다. 낮 동안 땅이 적당히 데워진 덕분인
듯. 얼굴 위로 부드러운 바람이 분다. 언덕에 누워 하늘을 보
면 하늘만 보인다. 곁눈으로 흘끗 공원을 둘러싼 나무가 보이
지만 시야를 가리는 방해물 하나 없이, 구름 한 점 없는 빈 하
늘을 보고 있노라니 저절로 평온해진다.

파란 하늘 이외에 보이는 것이 없을 때, 나는 내 시야가 이
렇게 갈 길을 잃을 줄은 몰랐다. 아무것도 없는 하늘을 보고
있으니 초점을 둘 곳이 없다. 중심이 없다. 마치 초점을 맞추
기 위해 여러 번 움직이는 카메라의 자동 렌즈처럼, 내 눈동
자를 움직여보지만 결국 한곳을 응시하는데 실패하고 말았다.
황당한 경험이다. 분명히 보고 있는데 볼 수 없다니.

그럼에도 불구하고
이렇게 시야의 방해 없이

사람의 간섭 없이

마음의 방해 없이

마냥 누워있을 수 있는 이 빈 공간이 좋다.

멀리 국적을 알 수 없는 노랫소리, 아이들의 시끄러운 함성,
아이스크림 트럭의 오르골 소리, 데이트를 나온 연인의 달콤
끈적한 목소리도 들리지만 이렇게 좋은 걸.

아무렴 어때.

줄리안에 대한 단상

오늘 줄리안을 다시 만났다. 사실은 한 번 더 보고 싶다고 내가 먼저 연락했다. 왜냐면 정말 한 번 더 보고 싶었으니까. 그의 얼굴이 궁금했다. 처음 만난 날은 나란히 앉은 데다가 날이 어두워져서 얼굴을 자세히 볼 새가 없었다. 게다가 헤어질 때 잠시 본 그의 얼굴이 순간 아주 어둡다고 생각했기에, 어떤 눈빛을 하고 있는지 그를 제대로 봐야겠다고 생각했다.

결론부터 말하자면 그는 예쁜 눈을 가졌다. 그런데 어딘가 모르게 알 수가 없다. 파악이 안 되는 무언가가 있다. 그가 일부러 감춰서라기보다는, 내면 어딘가에 불 꺼진 방처럼 어둡고 캄캄한 구석이 있는 듯했다.

참 잘생긴 얼굴이고 운동을 오래 한 모습이다. 미국 영화나 드라마에 등장하는 연구실 속 인도 과학자처럼 보이기도 했다. 약간은 음침하고 한편으로는 사색적인, 뭔가 반응이 느린 듯한 데 생각은 빠른 듯도 하고, 사회생활할 때 가면을 잘 쓸 거 같은 모습이랄까? 어딘지 모르게 가라앉고 어두운 에너지.

신기하게도 말은 잘 통한단 말이지.

오늘도 오후 다섯 시쯤 만나서 아홉 시 넘어 헤어질 때까지, 배고픈지도 모르게 이야기를 나눴다. 뭐지? 뭘까? 이 오묘한 사람은. 범죄 드라마에 나오는 멀쩡한 사람. 그래서 범인 같지 않은 범인 같기도 하고, 비밀 많은 모범생 같기도 하고, 그냥 자기 안으로 에너지를 감추고 밖으로 쓸 줄 모르는 뭐 그런 사람 같기도 하고. 모르겠다.

한참 줄리안을 보고 왔지만, 또 그의 얼굴이 전혀 생각나질 않는다. 나는 사람의 얼굴을 잘 기억하지 못하고, 때론 사람들의 얼굴이 다 비슷해 보일 때도 있다. 같은 사람도 종종 다른 사람으로 보여서, 여러 번 만난 사람도 잊어버릴 때가 많다. 그래서인가? 그의 얼굴을 기억하려고 하면 할수록 더 생각이 안 난다. 내가 눈을 보고 싶다고 해서 줄리안이 안경을 벗었을 때 긴 속눈썹과 쑥스러운 어린아이처럼 움직였던 입 주변의 작은 근육들만 기억난다.

이런! 그를 다시 만나야겠다.

빈 곳으로 가고 싶다

길을 걷다가 빈 곳을 발견했다. 값비싼 맨해튼 한복판에 아무것도 하지 않은 채 불을 켜둔 빈 공간이었다. 텅텅 비어있는 것이 아름답게 보였다. 나는 왜 이런 '빈' 것들이 좋을까?

나에게 빈 곳은

내 눈에 사로잡힌 기쁨.

내 것이 아닌 것이 사라지는 사잇길.

숨이 멈췄을 때 들리는 목소리.

나의 온기를 너와 나누는 포옹.

네가 내어준 소중한 귀퉁이.

소리가 없는 정글의 시간.

내 영혼의 파도 소리.

빈 곳으로 가고 싶다.

생이 그곳에 있는 것 같아서.

Encounter

줄리안에게 내가 무엇인 거 같냐고 물었을 때, 그가 답했다.

"A boy or animal that's roaming in a dark forest."

차곡차곡 계절이 간다

집 근처에 자주 가는 상점이 있다. 사실 비슷한 가게가 주변에 많지만, 이곳은 주인이 한국 분이라 종종 찾게 된다. 주인 아주머니가 참 친절하다. 낯선 브루클린에 사는 나를 아주 반갑게 맞아주셨다. 가게는 작고 물건 종류가 별로 없지만, 친절함 덕분에 가면 마음이 편해진다. 가끔 현금이 부족하면 거리낌 없이 외상도 주신다. 뉴욕에서 외상이라니! 왠지 든든한 단골 가게가 생긴 기분이다.

오늘 잠시 아줌마와 이야기 나눌 시간이 있었는데, 이 동네에 대해서도 짧게 이야기해 주셨다. 베이리지는 원래 그리스와 이탈리아 사람들이 많이 살던 지역이었다고 한다. 아줌마의 말에 따르면 그리스 사람들이 담합해서 집값을 정말 많이 올려놨다고. 뭐 꼭 그것 때문만은 아니겠지만 우리 집주인 아줌마도 이 동네 집값이 비싸다고 하긴 했다. 큰 상점들도 제법 있어 생활이 편하고, 바닷가를 끼고 있는 조깅 코스와 예쁜 집들이 많은 아늑한 동네이긴 하다.

또 아줌마는 한국 이민자들끼리 서로 도와서 일하거나 동업을 하는 것이 어렵다고 했다. 반면 중국 사람들이나 다른 나라 사람들은 자국 사람들끼리 동업하고 투자하고 돕는 일을 잘한다고 했다. 중국인들은 작은 가게 하나도 여럿이 동업하고 이민 온 사람들이 자리를 잘 잡도록 서로 돕는다는 이야기는 나도 여러 차례 들었다. 누가 더 낫고 나쁘고를 떠나서 미국까지 와서도 결국은 자신이 나고 자란 배경을 버릴 수 없는 게 인간이고, 그런 배경에 의존해서 사는 게 사람이구나 싶었다.

친절하고 밝은 아줌마는 이십 년이 넘도록 뉴욕에 살았지만, 한국말에 사투리가 있었다. 가만히 들어보니 전라도 사투리다. 광주에서 살았다고 하셨다. 나보고는 여기서 오래 산 사람 같다고 하셨는데, 정작 더 오래 산 아줌마의 사투리가 살갑고 정겹게 느껴졌다. 이 아줌마도 그랬지만, 지난겨울에 미용실에서 만났던 분들도 나보고 뉴욕에 오래 산 사람 같다고 하셨다. 좋은 거겠지? 어디서 사나 현지 사람 같다면 그 환경에 잘 적응했다는 것이니까.

새로운 곳에 발 디뎌놓을 때는 갑절의 에너지가 필요하다. 그곳이 어디든 말이다. 정신적인 긴장뿐만 아니라 육체적인 긴장도 만만치 않다. 사실 뉴욕의 물리적 환경에 적응하는 것도 시간이 꽤 걸렸다. 다른 사람들은 오자마자 완전히 적응

했다고 씩씩하게 말하던데 나는 쉽지 않았다. 새로운 곳에 가면 '물갈이' 한다는 한국말처럼 물, 공기, 날씨 등이 다르다 보니 이유 없이 피곤할 때도 많았다. 나 정도면 잘 지내는 편이라 생각하면서 정신력으로 견뎌보려고 해도 내 몸은 정직했다. 겉으로는 괜찮아 보였지만 어려운 상황이 지나가고 다행이다 싶을 때면 꼭 병이 났다. 내가 유학하러 간다고 했을 때 주변에서 가장 많이 한 조언도 비슷했다. 막상 유학 생활 중에는 긴장도 이겨내고 극도의 흥분과 어려움도 견뎌내지만, 마음 놓는 순간 앓아눕게 되는 경우가 많으니 마음뿐만 아니라 몸도 잘 살피면서 살라고 했다.

아직은 내 마음의 끈이 단단할 텐데, 그나마 다행인 건 몸의 긴장감이 좀 사라진 것이다. 이곳에서 사계절을 다 겪은 덕분인지 한두 달 전부터 몸이 여유롭고 편하게 느껴진다. 아마도 나를 둘러싼 낯선 환경은 애를 쓰며 극복할 심각한 문제라기보다, 그저 시간이 지나면 자연스레 변하고 그렇게 적응하게 되는 일일지도 모르겠다. 마치 나의 적인 양 발버둥 치며 맞서 싸울 대상이 아닌 거지. 맞다. 상황이 어려워도 살살 어르고 달래서 흘려보내야 하는 것도 있는 거다. 다행이다. 차곡차곡 계절이 간만큼 내 몸도 마음도 조금은 느슨해져서.

눈에 불

어렸을 때부터 나는 뭔가에 호기심이 생기면 눈에 불을 켜고 달려드는 습관이 있다. 흥미가 생기면 주변이 잘 안 보인다. 그리고 대부분 그 관심이 남들 보기에 쓸데없는 그런 것들이다. 예를 들면, 대여섯 살 때 태풍이 오는 날이면 잠을 잘 수가 없었다. 태풍이 무서워서가 아니다. 거센 바람에 의해 그맘때쯤 먹기 좋게 익었을 감이나 호두가 밤새 떨어졌을까 걱정되어서였다. 다른 사람이 다 가져가기 전에 빨리 달려가 줍고 싶은 마음에 밤새 뒤척였다. 새벽 여섯 시에 부리나케 일어나 감나무, 호두나무 밑에 떨어진 것들을 주워 오곤 했다. 혹시 누가 먼저 가져갔을까 싶어 얼마나 긴장하고 걱정했는지 모른다. 태풍이 휩쓸고 간 새벽, 거칠게 흐트러진 나무들이 다소 피로해 보였지만, 공기는 시원하고 상쾌했다. 감과 호두를 몇 개 주워 다시 돌아올 때 그 기쁨과 안도감이란.

또 우리 집 뒤편으로 두 집을 건너면 텃밭이 하나 있었는데, 엄마가 토마토를 잔뜩 심어둔 적이 있었다. 언니나 오빠는 토마토 밭에 관심이 전혀 없었지만 나는 달랐다. 전날 그곳을 지나다가 불그스름하게 익어가는 토마토를 발견하면 또 잠을 못 이뤘다. 다음 날 내가 점 찍어둔 토마토를 따서 먹을 생각에 새벽같이 일어나서 이슬에 옷자락 젖어가며 밭으로 달려갔다. 아무도 관심 두지 않는 것에 나는 왜 그렇게도 혼자 안달이 나 있었던지.

이런 성격은 어른이 되어서도 똑같았다. 뭔가 관심을 끄는 것이 있으면 쉴 틈 없이 달려들곤 했다. 남들이 관심이 있건 없건, 불평하건 말건, 나는 오로지 호두나 토마토를 먹겠다는 일념으로 달렸다. 사방팔방 부지런히 다니면서 세상 신나고 좋았다. 한번 켜지면 어떻게라도 하고 싶어서 그야말로 온몸에 안달이 났으니까.

이제는 삶에 대한 태도도 신체적 에너지도 좀 달라졌지만, 여전히 나는 아무도 관심 두지 않는 것에 혼자 대책 없이 안달이 나곤 한다. 눈에 불이 켜지는 거지. 어쩜 돈에 불이 켜졌으면 나는 아주 부자가 됐을지도 모르겠다. 눈에 불이 켜지면 뵈는 게 없으니 말이다.

아플 땐 먹어야 해!

영어학원 수업을 다시 수강했다. 일과 공부를 병행하느라 다소 늙어가는 육체는 말을 안 듣기 시작했다. 게다가 환절기. 기온차가 심해 감기 기운까지 스멀스멀 올라온다. 얻어맞은 사람처럼 몸이 욱신거리고 무겁다. 입술도 시뻘겋게 붉어졌다가 화끈거리더니 물집이 여러 개 잡혔다. 보기 좀 흉하다.

아무튼 기운을 차리려고 냉장고를 열어 먹을 수 있는 건 다 꺼내 먹었다. 요리라 할 것도 없다. 그저 닥치는 대로 밥에 김치, 살짝 데운 두부 한 모, 무화과와 배, 과자 부스러기와 꿀차 한잔까지 앉은 자리에서 다 먹고, 애드빌Advil이라는 약 한 알까지 삼키고서 쉬려고 누웠다.

누워서 천장을 바라보고 있으니, 어느 밤에 내 모습이 떠오른다. 이십 대 중반쯤이었다. 이유는 전혀 기억나지 않지만 울고 있었다. 혼자 작은 고시원 방에 우두커니 앉아 슬픔에 사무쳐 죽고 싶다고 생각했다. 새벽 두세 시쯤 되었을까? 시간도 늦은 데다 울기까지 하니 배가 너무 고픈 거다. 부엌에서 먹을

것을 챙겨와 방으로 왔다. 좁은 책상에 앉아 혼자 밥을 먹으면
서 훌쩍훌쩍 울다가 또 얼마나 웃었는지 모른다. 죽고 싶다고
처울 땐 언제고 배고프다고 밥을 또 퍼먹고 있으니, 내가 생각
해도 어찌나 어이가 없던지. 혼자 피식피식 웃으면서 눈물 콧
물 훔쳐 가며 허기진 배를 채웠다.

내가 울었던 이유가 무엇인지는 정확히 기억나지 않는다.

분명 울 때는 진심이었는데 말이다. 어쩜 그날 밤 나는 정말 죽고 싶었던 것이 아니라 불안한 내 영혼이 그저 가여웠을지도 모르겠다. 어디선가 절대적 구원자가 '짠' 하고 나타나, 보잘것없는 내 삶도 살아갈 의미와 가치가 충분하다는, 의심의 여지없이 납득할 만한 무조건적이고 신뢰할 수 있는 확고한 이유를 알려주기를. 그래서 내 하찮은 존재를 증명할 필요가 추어도 없어지기를. 그렇게라도 허기진 내 영혼을 달래고 싶어서. 눈물로 기도를 했는지도 모른다.

그래, 다 그런 거야. 그러니까 아플 땐 먹어야 해. 허기가 나를 병들게 하지 않으려면 든든하게 채워야 해. 그것이 육체든 정신이든.

신선한 고독

가을이 왔다. 뉴욕의 가을이 눈부시게 빛난다. 하늘도 맑고, 바람도 좋고, 햇살도 적당히 따스하다. 집으로 오는 길에 팔천 원 정도 하는 국화 화분을 두 개 샀다. 뉴욕 물가에 비하면 제법 저렴하지 않나 싶다. 언제나처럼 화분과 커피는 내가 뉴욕에서 부리는 사치니까.

방문 앞 테라스에 화분을 가져다놓고 문 사이로 비치는 파란 하늘, 노랗게 단풍 지는 나무, 어여쁜 국화꽃을 보니 문득 쓸쓸하다. 이 아름다움을 전할 사람이 지금 여기 없어서, 이렇게 좋은 날 전화 걸어서 커피 한잔 같이 할 사람이 없어서, 혼자 고독을 맛보는 중이다.

익숙한 것에서 발견되는 아름다움은 내가 고독할 때, 내가 나를 조금 내려놓았을 때 보이는 것 같다. 나를 사로잡을 놀라운 사건이나 대단한 예술품은 아니어서, 내 마음이 분주하면 그냥 스쳐 지나가게 된다. 집에 가는 길에 사 온 국화꽃처럼,

문 사이로 비치는 하늘처럼, 단풍 지는 가로수처럼 늘 보던 것들은 시시하고 하찮아지기 쉽다.

나를 내려놓고서야 비로소 보이는 익숙한 것들의 낯섦. 그 낯섦의 아름다움을 날마다 알아채려고, 이렇게 신선한 고독을 맛보려고, 나는 떠나왔어도 매일 떠나는 꿈을 꾸는지도 모르겠다.

위장

맨해튼 거리를 걷다가

종종 이런 생각 해.

너 거기 숨어있지?

역시 난 한국 사람이야

미국 드라마 〈섹스 앤 더 시티〉의 팬이었다. 여러 채널에서 매일매일 하고 또 해서 지겨울 만도 한데, 볼 때마다 새롭고 재미있었다. 개성 넘치는 네 여자의 은밀하고 흥미진진한 뉴욕 이야기.

얼마 전에 참 황당하면서도 신선한 질문을 받았다. HIV 테스트(일명 에이즈 검사)를 받아본 적이 있냐는 것이다. 이런 질문을 남자에게 대놓고 받을지는 몰랐다. 뉴욕으로 오기 전에 한국에서 건강검진은 받고 왔다. 보험에 포함되어 있는 산부인과 진료도 받았지만 아무리 생각해도 HIV 테스트는 받아본 것 같지 않았다. 해본 적이 없다는 답을 하면서 내가 무지한 여자가 된 거 같아 창피하고 부끄러웠다.

드라마 〈섹스 앤 더 시티〉에서 가장 성 편력이 심한 사람은 사만다이다. 그런 사만다가 HIV 테스트를 받아야 하는 에피소드가 있다. 그는 자신의 활발한 성생활에도 불구하고 한 번도 검사를 받지 않아서 잔뜩 겁을 먹는다. 사만다를 보며 주인공

캐리는 너무 아무렇지 않게 그리고 당연하다는 듯이 왜 여태 검사를 받지 않았느냐고 묻는다. 뉴욕에 사는 성인이라면 당연한 의무라는 듯. 사만다와 대조되는 그의 태도가 기억에 남았다.

당장 내가 똑같은 질문을 받으니 한편으로는 정신이 번쩍 들었다. 내가 뉴욕에 있긴 있구나! 이런 질문은 어쩌면 뉴욕에서 성인 여자로 건강하게 생활하는데 필요한 질문일 것이다. 드라마로 접하기만 했지, 내가 이런 질문을 받게 될지는 몰랐다. 현실로 다가오니 민망하게도 다소 무례하게도 느껴졌던 질문이 좀 신선하게 여겨졌다.

얼마 후 영어학원 수업에서도 비슷한 질문과 대화가 오고 갔다. 병원에 가지 않고도 간단한 검사를 할 수 있는 방법이 있다고 했다. 하하, 내가 약국 같은 데 가서 테스트기를 사기에는 뭔가 좀 쑥스러운 느낌도 있는 거 같다. 이런 것들이 아직 익숙하지 않고 왠지 어색한 거 보니 역시 난 아직 한국 사람이야.

우리의 만남이 경계를 넘는가?

가끔 줄리안을 만난다. 브라이언트 파크에서 우연히 만났던 그 남자다.

그렇게 우연히 만났던 탓일까? 줄리안을 만나는 일이 현실이 아닌 것 같다. 마치 영화 매트릭스의 한 장면처럼 실제와 구분이 어려운 새로운 세계에 우리가 있는 것 같다.

그를 만나면 불가역적 시간이 제멋대로 구부러지고 언어의 경계 따위는 무의미해진다. 뭔가 단단하고 확고하게 고정되었다고 믿었던 것들이 아무렇지 않게 주~욱 늘어나는 것 같다.

더 잘 사랑할 수 있을까 싶어서

우리가 하는 것은 무엇일까?

사랑이나 연애라는 것은 참 알다가도 모르겠다. 나는 사람이 곁에 있으면 더 외롭다. 혼자서도 잘하던 일들, 혼자서도 문제없던 일들이, 누가 곁에 있으면 자꾸 기대와 바람이 된다. 말 안 해도 알아주면 좋겠고, 이해해 주면 좋겠고, 너는 내 곁에 꼭 붙어있었으니 이런 것쯤은 당연히 알아야 하는 게 아닌가 생각하게 된다. 오히려 그 바람들이 충족되지 못했을 때 외로움과 서운함이 배가 되는 것 같다. 혼자였으면 겪지 않을 기대와 욕망, 실망과 분노의 롤러코스터를 타는 내 모습에 화가 나다가도 도대체 뭐 하는 짓인가 싶어 참 쓸쓸해진다.

'사랑'이란 이름을 붙여놓고 내 욕망을 채우고 싶어 하는 것은 아닐까? 마치 식욕을 해소하듯이, 허무함을 덮기 위해 목구멍까지 채워넣는 것. 그러나 나의 결핍이 너로 인해 채워진 적이 있었던가? 그것이 영원한 적이 있었던가? 나는 내 스스로를 채울 자신이 없어서 남이 대신 나를 채워줄 쉬운 길을 원했던 걸까? 인간은 스스로 완전해질 수는 없는 걸까? 사람이라서, 소통과 교감 없이 살 수 없는 사람이라서 혼자서는 행복하다고 느낄 수 없는 걸까? 누가 곁에 있어야만 더 완전하고 그래서 더 완벽하게 행복해진 것 같다고 느끼는 걸까? 왜 사람은 다른 이의 온기가 이토록 필요한 걸까? 누군가를 사랑한다는 것도 가만히 들여다보면, 자기 자신을 끝없이 더듬고, 자기를 채우고자 하는 욕망에 시달리는 모습인 것을.

이런 것을 알면서도 나는 또 누군가와 연애를 하고 사랑에 빠지겠지? 죽도록 싫은 것은 차라리 아무것도 하지 않아야 후회가 없겠지만, 대책 없이 좋은 것은 아무것도 하지 않으면 후회를 남기니까. 나의 사랑이 나의 찬란한 오해라 해도 대책 없는 내 영혼은 사랑해 보는 것 말고 별다른 방법이 없겠지? 비록 이 연애가 헤어짐으로 결판나더라도 또 안달이 나겠지?

절로 이는 대책 없는 욕망을, 태어나는 순간 이미 하나를 잃어버린 것 같은 끝없는 상실감을, 없앨 수는 없어도 휘둘리지 않을 수는 있을까 싶어서 의식의 흐름대로 질문을 던져보게 된다. 신묘하고 게걸스러운 녀석을 가늠할 수 있을까 싶어서. 혹시나 좀 쓰다듬으면 요망한 녀석이 말 좀 잘 들을까 싶어서. 그러면 나는 더 잘 사랑할 수 있을까 싶어서.

어느 나라든 훌륭한 점은 있다

며칠 전에 내가 일하는 곳 바로 코앞에서 자동차 사고가 있었다. 이리저리 성난 모양으로 달리던 차가 사거리에서 급회전해 인도로 돌진했고, 아무것도 모른 채 길을 걷던 가족이 차에 치이고 만 것이다. 사고를 당한 가족은 엄마와 어린 두 아들이었는데, 그중 아홉 살 난 아이가 그 자리에서 숨졌다고 한다. 내가 일하던 가게에 CCTV가 있어 경찰과 방송국 관계자가 매니저를 귀찮게 한 모양이었다.

다행히도 나는 그 현장에 없었지만, 사고가 나는 순간 커다란 소음과 아이 엄마의 울음소리가 들렸고, 많은 이웃이 함께 울었다고 했다. 매니저는 사고 직후 자식이 죽었다는 것을 직감이라도 하듯 눈을 뜨지 못하는 아이 엄마를 보고 울컥했다고 한다. 그리고 그날 사고 현장에서 사람들의 행동을 보고 매니저는 놀랐다고도 했다. 대부분 교통사고가 나면 얼른 신고해야 한다고 생각할 것이다. 그런데 막상 눈앞에서 보게 되면 그러지 못한 경우가 많다. 내가 한국에서 교통사고 났던 때를 떠올려봐도 그렇다. 사고 후, 내가 숨을 쉬지도 못하고 피 흘리고 쓰러져있을 때, 나를 본 여자는 나보다 큰 비명만 고래고래 질렀다. 다친 와중에도 저 여자 왜 저러나 했던 기억이 난다.

매니저 말에 따르면, 가게 앞 사고 직후 동네 사람들이 911을 부르고, 사고당한 사람들을 보살피고, 혹시 경찰이나 앰뷸런스가 현장까지 빠르게 진입하지 못할까 봐 길을 통제했다고 한다. 주민들의 적절하고 빠른 대응을 보며 매니저도 상당히 감탄했다고.

뉴욕에서 살면 좋은 점도 있지만 싫은 점도 당연히 있다. 미국 사람들이 일하는 것을 보면 답답하기도 하고 참 일 못 한다는 생각도 수시로 든다. 정말 한국 사람에 비하면 말이다. 개인주의적 사고방식이 강해서 제멋대로도 때론 냉정하게도 보이는 미국인이지만, 이런 사고 현장에서 무엇이 필요한지 잘 알고 적극적으로 행동하는 것을 보니 어느 나라든 훌륭한 점은 있다는 생각이 든다. 정말 그렇다. 누구든 어느 나라든 분명 그들이 가진 놀라운 점이 있다. 값지고 빛나는 모습이 있다.

………

오늘따라 가게 꽃이 잘 팔렸다. 알고 보니 사고 소식을 듣고 생면부지의 이웃들이 사고 현장에 헌화하려고 사 가는 것이었다. 집으로 돌아오는 길에 나도 잠시 그곳에 들렀다. 꽃이며 촛불이며 죽은 아이를 기리는 글이 곳곳에 있었다. 위로와 위안의 마음이 간절하게 모인 곳. 나는 문득 궁금해졌다. 이 혹독한 세상에서 무엇이 사람의 선한 마음을 열게 하는 걸까?

정신을 차려보자

나는 죽을 것이다.

맹수의 아가리에 나를 던졌으니.

그러나 나는 살 것이다.

이놈이 내 목덜미를 물어

험악한 정글에 비어있는 은신처로

나를 데려다줄 것이니.

그러니 네가 나를 살릴지 해할지

정신을 차려보자.

겸손한 연애

연애, 사랑, 다들 하는 대로. 나도 마찬가지로 조르고 떼쓰고 우기고 화내고 서운해하고, 좋다가도 금방 토라지고. 혼자가 아닌 둘이라서 더 큰 외로움과 수시로 이는 복수심과 애틋함에 종일토록 시달리면서, 그런 내가 한심 타고 여기다가도, 연락해 오면 속없이 또 좋다고 쪼르르 달려가는, 남들 다 하는 연애. 사랑이 주는 온갖 쓰잘머리 없는 감정들에 속수무책으로 휘말리는 일. 그렇게 안 살고 싶었고, 그렇게 안 사는 방법은 없는가 늘 생각하고 있었다.

그런데 친구가 그런다. 그런 생각 오만일 수 있다고.

그래, 사랑의 달콤함만 취하고 쓴맛은 보고 싶지 않은 사람 너무 이기적이지. 사랑하면서 감정에 시달리기 싫다는 건 정말 오만이지. 다들 그러는 것처럼 지지고 볶고 해야 그게 겸손한 사랑인가 보다.

어쩌나 난 치사한 인간이라 겸손한 연애하기 싫은데, 꿀맛에만 취하는 오만한 연애가 하고 싶은데.

만찬

대학 동기가 일 때문에 뉴욕을 찾았다. 나는 오랜만에 아는 사람을 만나 신이 났다. 수다도 실컷 떨었다. 동기는 고맙게도 작품 활동과 관련된 사람들이 참석하는 저녁 식사에 나를 초대해 줬다. 덕분에 뉴욕에서 활동하는 작가와 예술 관계자 분들을 만날 기회가 생겼다. 대부분이 모르는 사람들이라 어색하면서도 뭔가 새로운 자리에 있다는 게 신선한 느낌이었다. 상당히 우아하고 멋진 자리였다. 맨해튼 어퍼 웨스트Upper West에 있는 고급진 빌딩에서 거실에 걸린 앤디 워홀의 작품을 감상하며, 제법 사회적 위치와 돈과 권위가 있는 사람들과 근사한 저녁을 하다니.

뉴욕에 사는 사람도 있었고, 뉴욕에 살았던 사람도 있었고, 뉴욕을 종종 드나드는 사람도 있었다. 일과 여행을 겸해 한 달간 출장 온 동기는 그분들과 함께 뉴욕에서 보고, 먹고, 즐길 수 있는 것을 다양하게 경험하고 있었다. 나는 뉴욕에 온 지 일 년이 넘었는데, 알지도 못했거나 가볼 엄두도 못 냈던 곳들을 다녀온 듯했다. 오가는 대화들도 내가 그동안 뉴욕에서 만나온 사람들과는 사뭇 다른 내용이었다. 특별히 뽐내지 않았지만, 폼 나는 이야기로 가득했다. 그리고 갑자기 밀려드는 왠지 궁색해 보이는 나의 뉴욕 생활….

내가 좋아하는 테라스가 있는 브루클린 집도, 가게 점원으로 일하고 있다는 내 현실도, 아직도 배울 게 너무 많은 내 영어 실력도 엉성하고 부족하게 느껴졌다. 뭘 해보겠다고 여기까지 오긴 했는데, 가진 것 별로 없이 모든 것을 처음부터 시작해야 하는 거 그게 참 사람을 초라하게 만드네. 남들 시선 신경 안 쓰고 살았는데 오늘따라 비교를 부르는 마음속 측정기가 착실히 발동했다. 돌아서면 마주하게 되고, 죽여도 죽여도 다시 살아나고, 안녕을 고해도 늘 되돌아오는, 불온한 절망이 또 나약한 틈을 비집고 들어오려고 해서, 집으로 돌아오는 지하철 안에서 별수 없이 생각이 많아졌다.

'어차피 그 사람들 나보다 못 살아본 적도 없고, 앞으로도 평생 나보다 잘 먹고 잘 살 거야. 안 그래도 빡센 인생인데, 남들 삶에 분노하고 신경 쓰느라 쓸데없이 힘 빼지 말아야지.'

브루클린 다리를 지나는 적막한 지하철 창문으로 로어 맨해튼Lower Manhattan 화려한 불빛이 비쳤다. 오늘 만난 사람들의 모습도 스쳤다. 단 한 번도 파티를 위한 상을 차려보거나 설거지를 해보지 않았을 사람들. 다 차려진 만찬만 즐겼을 사람들의 넘치게 요란한 목소리. 그들은 한 번도 비어본 적이 없어서 적막이 두려웠던 건 아닐까? 오늘 그들은 자신이 식탁에 내놓은 것이 그저 목발에 지나지 않는다는 걸 알고 있었을까? 제 두 다리가 아니라 아픈 자신을 잠시 지탱해 줄 값비싼 목발. 그런 것들을 버리고 나면 온전히 두 다리로 설 수 있을까? 그런 것 없이도 만찬을 즐길 수 있을까? 그들은 스스로의 나약한 모습을 마주할 용기가 있을까?

만찬을 즐기는 그들의 요란한 식탁에서, 허식과 욕망이 모두 소멸된 빈 접시를 나만 들여다보고 있는 것 같았다.

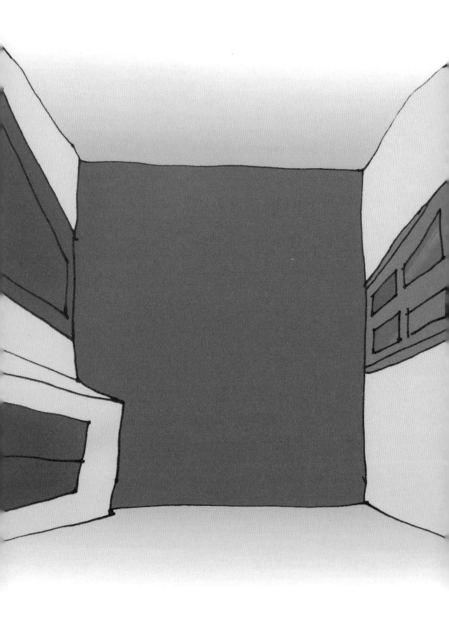

빈 방

침대에 누워서 높다란 천장을 바라보니

문득,

방안에 모든 것을 비워내고 싶었다.

빈 방이었으면 좋겠다.

오늘부터 뉴요커!

오늘 나는 드디어 리얼, 진짜 뉴요커가 된 기분이다. 뉴욕 지하철은 엘리베이터처럼 가방이나 신발 등이 문에 끼면 열리게 되어있다. 사람들은 문에 발을 넣어 뒤따라오는 친구들이 올 때까지 지하철을 잡아두기도 하고, 심지어는 문에 발을 낀 채 어디 가는 지하철인지 묻기도 한다.

그렇다고 엘리베이터처럼 살짝 닿기만 해도 열리는 건 아니다. 꽉 닫혔다가 느리게 열려서 손을 잘못 뻗으면 위험하다. 나 같은 뉴욕 초짜는 웬만해서는 닫히는 지하철 문에 발을 쑥 집어넣기가 어렵다. 지하철 문이 코앞에서 닫히더라도 어쩔 수 없이 다음 기차를 기다리게 된다. 한두 번쯤 시도해 보았지만 솔직히 겁나서 발이 쉽게 내밀어지지 않았다.

오늘 새벽에 지하철을 타고 출근하는 길이었다. 꾸벅꾸벅 졸다가 눈을 뜨니 내려야 할 역이다. 여기서 못 내리면 지각이다! 나는 잽싸게 몸을 날려 닫히는 지하철 문에 발을 쑥 내밀었다. 문이 다시 열렸다.

'앗싸! 성공!'

문에 낀 발이 좀 아프긴 했다. 지하철 차장의 눈초리도 좀 사나웠다. 무슨 상관이람. 진정한 뉴요커가 된 것 같은 이 기분! 문이 닫히기 전 잽싸게 발을 내디뎠던 순간을 생각하면 너무 뿌듯한 것이 꼭 내가 대단한 일을 해낸 것 같았다. 기껏 해야 지각을 면한 정도인데 이 대견하고 자랑스러운 기분!

그래, 오늘부터 나는 뉴요커라구!

버려진 크리스마스

뉴욕에서 맞은 첫 크리스마스는 록펠러 센터Rockefeller Center에 있는 크리스마스트리를 보러 갔다. 록펠러 센터의 트리 장식은 크리스마스 몇 달 전부터 그 해 트리를 어디에 사는 누가 기증했는지, 그 나무가 지금 어디쯤 오고 있는지 매일 뉴스에 등장할 정도로 뉴욕 사람들의 관심사이다. 내가 아는 친구는 록펠러 센터 크리스마스트리 점등식 날 방문했었는데, 사람이 너무 많았다고 했다. 그날 공연을 했던 머라이어 캐리는 보지 못했지만, 그의 라이브는 들을 수 있었다고 좋아했다.

뉴욕은 겨울이 화려하다. 시월 핼러윈을 시작으로, 십일월 마지막 주에 있는 추수감사절과 십이월 크리스마스까지 추운 도시의 시간을 현란한 불빛과 장식으로 덮는다. 늘 축제인 듯 도시 전체에 활기와 온기가 돌아서 햇볕이 적어지는 겨울을 내는 데 도움이 된다.

가을부터 이어진 축제가 점점 끝나가는 일월 중순. 뉴욕에 온 지도 삼 년째가 되다 보니 내 눈에 밟히는 것이 있다. 바로 크리스마스트리. 이맘때쯤 되면, 지난 크리스마스 장식으로 쓴 나무가 길가에 내동댕이쳐진다. 살아있는 나무를 베다 쓰고, 한 달도 안 돼 쓰레기로 내놓는 것이다. 마치 '크리스마스는 이런 거야, 이런 게 행복한 모습이야'라고 말하듯이 부지런히 집으로 사다 나를 때는 언제고 이렇게 쉽게 버린다.

뭐 사람이 필요하면 취하고 쓸모없어지면 버린 것이 꼭 크리스마스트리뿐이겠어.

줄리안에게

정글을 떠도는 네 그림자의 이름이 되어줄게.

너와 함께 춤추는 목소리가 되어줄게.

나의 세상으로 초대하는 냄새가 되어줄게.

너의 발끝에 내 이마를 대어줄게.

미지를 항해하는 너의 배가 되어줄게.

황금빛 일렁이는 파도가 되어줄게.

어둠 속에 빛나는 두 눈이 되어줄게.

내가 너의 빛이 되어줄게.

I'm sorry

내가 예의상 미안하다고 말해야 하는 상황이었다. 크게 말
할 수도 없었고, 약간 떨어진 거리라서 나는 소리를 내지 않고
입 모양으로만 말했다.

그런데 이 사람이 내 말을 알아들었다! 참 이 별거 아닌 순
간이 나는 얼마나 기뻤는지. 한국에 있는 어학원에서 겨우 헬
로만 떼고 있을 때, 선생님이 음소거한 미국 드라마를 보여준
적이 있다. 주인공이 하는 말을 입 모양만으로 추측해 보라는
것이다. 나름 신박한 수업이었지만, 나는 그저 속으로 허허 웃
었다. 그리고 그 수업에 더 이상 나가지 않았다. 입을 도저히
뗄 수 없는 고난이도의 영어 수업이 무서워서 날름 도망을 친

것이다. 게다가 수업 시간마다 진땀만 날뿐, 바보가 된 나 자신이 부끄럽고 창피해서 죽을 맛이었다.

그런데, 드디어 오늘, 미국 사람이 내 입 모양만 보고 내 말을 알아들었어! 그것도 발음하기 어려운 R이 두 개나 들어간 소리를! 세상에 나한테 이런 날이 올 줄은 몰랐네. '미안하다'라고 말하고서 이렇게 기분이 좋아지다니! 어쨌든 나는 신나네!

뉴욕은 내 집인가?

예산과 시간을 몽땅 털어 오랜만에 여행을 했다. 콜롬비아 수도인 보고타로 날아가 세바스찬과 프란시스코를 만나고, LA를 거쳐 뉴욕으로 돌아왔다. 뉴욕으로 오는 비행기가 궂은 날씨를 피해 운행하느라 한 시간 넘게 지연되었다. 결국 나는 예정 시간보다 한참 늦은 밤 열두 시경에 맨해튼 가는 버스를 탔다.

내 몸만큼이나 큰 가방을 끌고 버스에서 지하철로 갈아타야 했다. 다행히도 생각보다 손쉽게 이동할 수 있었다. 이제 한 번만 더 갈아타면 끝이다. 새벽 한 시 반, 집까지 두 정거장만 가면 돼서 나쁘진 않다.

그런데 웬걸. 지하철이 안 온다. 가만히 지켜보니 낌새가 수상하다. 스물네 시간 운행하는 뉴욕의 지하철은 주말이나 늦은 밤이면 노선이나 정차 플랫폼이 바뀌기도 한다. 역 주변을 둘러봐도 아무런 안내 표시가 없다. 늦은 시간이라 물어볼 사람도 없고, 한국처럼 잠시 짐을 두고 갈 수도 없는 상황. 결국 큰 가방을 들고 낑낑거리며 계단을 오르는 사이, 반대편에 있던 지하철 하나가 떠났다. 내가 탈 지하철을 놓친 것이다. 지하철이 반대 방향에서 출발한다는 안내 표시만 있었어도 바로 집에 갈 수 있었는데.

두 시를 넘은 시각. 또 우두커니 서서 다음 지하철을 하염없이 기다려야 했다. 택시가 좀 비싸서 지하철을 탔는데 이렇게 힘들 줄은 몰랐다. 화가 났다. 몇 푼 아끼겠다고 사서 고생하는 나도 싫고, 바뀐 지하철 플랫폼 정보는 신경도 안 쓰는 뉴욕시도 짜증이 났다. 화낸다고 달라질 것도 없는데 혼자서 씩씩대고 있었다.

결국 나는 새벽 세 시가 되어서야 집에 도착했다. 고작 두 정거장의 거리를 오는데 한 시간 반이 걸린 셈이다. 힘겹게 도착한 내 거주지. 아무도 없다. 나를 반겨주는 이가 없다. 얼마 전에 대책 없이 데려온 고양이 루이라도 나를 알아차려주면 좋으련만, 야속하게도 곁을 내주지 않는 녀석. 콜롬비아에 갔을 때, LA에 갔을 때, 이 두 낯선 곳에서는 나를 반겨주는 사람이 있었다. 그런데 뉴욕, 내가 지금 사는 곳에는 아무도 기다리지 않는다.

내 방 침대를 보자 편안함과 쓸쓸함이 함께 몰려왔다. 나를 언제나 반겨줄 것 같은 한국 친구들에게 폭풍 문자메시지를 보내고 뒤척이다 잠이 들었다.

　뉴욕은 내 집인가?

한차례의 소낙비

지난 팔월 말, 맨해튼으로 거주지가 바뀌었다.

소낙비처럼 후다닥.

정든 브루클린을 떠나,

새로운 곳으로 이사.

맨해튼 한복판에 사는 것은 어쩜

뉴요커 중에서도 더 뉴요커가 되어야만 가능한지도.

좋은가.

………

짧지만 거친 폭풍우처럼

이곳에서 시작된 짧은 인연도

정리할 건 냉큼 정리하고,

또 새로운 사람을 만나

'신기한 인연일세'라고

혼자 잠시 중얼거렸다.

요전 날은 오랜 친구가 준 유쾌함이

잠시 빗속에 비추는 햇살 같았다.

고여있었던 내 마음은 또 어디로 가고 있는 걸까?

떨어지는 폭포처럼 거세지는 않더라도

조금 속도를 내어주면 좋겠다.

어쩜

빗속을 달리는 방법을 잊은 사람처럼

혹은

마치 걷기만을 작정한 사람처럼

내 마음이 그렇게 더디게 간다.

냄비 닦기

뉴욕에 오자마자 신중하게 산 냄비 하나. 그리고 지난여름 나를 찾아온 절친한 친구가 선물해 준 큰 냄비 하나. 요리하다 보니 음식 색도 배고, 기름때가 냄비 바깥쪽에 눌어붙어 꾸질꾸질해졌다. 닦으려고 해도 잘 지워지지 않아 귀찮고, 철 수세미로 박박 밀자니 스테인리스 표면에 상처가 생길 것 같아 적당히 닦아서 쓰고 있었다.

오늘 뉴욕을 찾은 친구가 부엌 청소와 설거지를 어린 룸메이트에게 가르치는 걸 보니, 나도 새삼스레 냄비가 닦고 싶어졌다. 친구가 말하기를 뭐든 정성으로 닦아 쓰면 빛이 난단다. 어린 친구는 지저분해진 프라이팬을 광나게 닦았다. 깨끗해진 것을 보고 기분이 좋았는지 연신 신나 했다.

나도 가지고 있던 냄비 두 개를 닦았다. 힘들이지 않고 슬슬, 그렇지만 정성스럽게. 그렇게 닦고 나니 냄비에 배어 잘 지워지지 않던 음식의 흔적들도, 표면에 딱 달라붙어 어쩔 수

227

없을 것 같았던 기름때들도 말끔히 닦였다.

　그렇지. 다 그런 거야. 갈고닦아서 정성을 쏟으면 빛나는 거지, 다시 깨어나는 거지. 냄비를 닦으니 얼룩진 내 마음도 깨끗이 닦아낸 기분이다.

내 마음의 빈 곳

뉴욕에 아트투어Art Tour 오신 분들의 가이드 겸 전시장 안내 일을 일주일 정도 하게 되었다. 그림에 관심이 많아 공부도 오래 하시고, 작품을 직접 보러 여행도 많이 다니시는 열정 넘치는 예술 애호가분들이다. 내가 아니라 전문 업체를 통해 여행하셨으면 여러모로 편하셨을 텐데, 좋아하는 선생님께서 특별히 소개해 주셔서 나와 함께 여행하게 되었다.

아트투어 경험이 전혀 없는 내가 네 분의 뉴욕 여행 일정을 짜고, 이동 수단과 전시나 뮤지컬 같은 관광 목록을 예약하고, 먹고 쉴 호텔과 식당까지 전부 일일이 찾아야 해서 여간 쉽지 않았다. 아트투어였기에 뉴욕과 근교 미술관과 전시장을 많이 찾았는데, 가는 곳마다 작품 설명도 내 몫이어서 해야 할 공부량이 만만치 않았다. 내가 미술 전공자라도 모르는 작품이 많았고, 나는 그림을 그리는 사람이지 이론을 전공한 사람이 아니었기에 공부가 필요했다. 그분들이 뉴욕에 도착하기 전에도 수많은 작품의 자료를 찾아야 했고, 이곳에 여행을 온 후에도 계속 작품 공부를 해야 했다. 아침부터 밤까지 이어지는 관광이 끝나고 집에 돌아와서도 잠에 들지 못했다. 다음 일정을 확인한 후 다음 날 있을 작품 관련 글을 붙들고 새벽까지 있어야 했다. 가이드 일은 내 예상보다 몇 배는 어려웠다. 내가 뉴욕에 사 년째 살고 있다고 해도 모든 뉴욕을 알 수 있는 것은 아니고, 또 한 분 한 분의 기호와 요구를 모두 충족시켜드리기에는 가이드 경험이 너무 없어서 죄송할 때도 참 많았다. 그분들이 나를 이해해 주시지 않았으면 결코 할 수 없는 일이었다.

내 생에 처음으로 하는 일. 며칠 진땀을 빼며 가이드 일을 하다가 약간의 짬이 생겼다. 관광을 오신 분들이 호텔에서 쉬는 동안 나는 근처 스타벅스로 갔다. 내가 좋아하는 카페라테를 시켜놓고 가만히 앉아있는데 왈칵 눈물이 나는 거다. 관광객으로 붐비는 비좁은 스타벅스 테이블에 혼자 앉아 울었다. 커피 잔 너머로 초라한 내가 보였다. 생활비, 학비 버느라 다른 사람들의 소위 뒤치다꺼리하며 보낸 이십 대. 최선을 다해 살았지만 딱히 뭐가 되어있지 않았던 서글픈 서른. 서른 중반의 뉴욕에 와서 이제는 마흔을 바라보는 데도 여전히 다른 사람들 허드렛일이나 하는 내가 보였다.

그러나 정작 눈물이 난 건 남 좋은 일에 내 시간을 쏟아야 하는 관광 가이드 하는 신세가 궁색하거나 초라해서가 아니었다. 커피 잔 너머를 가만히 응시하던 나는 순간 번쩍이는 번개를 맞은 것 같았다. 하얀 빛이 내 머리를 스쳐 지나가는 듯한 느낌이 들면서 나도 모르게 눈물이 흐른 거다.

그냥 이런 생각이 들었다. 지금 나에게 일어나는 일은 삶이 나에게 주는 가르침 같은 것이 아닐까? 종교가 있는 것도 아니고, 특별하고 대단한 사건이 있었던 것도 아니고, 내가 좋아하는 커피 앞에서 잠깐 쉬고 있을 뿐인데 계시라고 할까? 직감이라고 할까? 우주가 나에게 말을 건네는 것 같았다. 세상에 하찮은 것은 없다고. 세상 사람들이 귀찮아하고 성가셔 해서 돈으로 쉽게 해결하는 일, 그 일을 하는 사람들의 심정을 헤아리라고, 감사함을 가지라고, 내가 하기 싫고 하찮것없어 보이는 일을 나 대신해 주는 세상 모든 사람에게, 내가 어디에 어떤 모습으로 있건 나를 낮추는 법을 배우라고, 나에게 이런 일이 생긴 거구나 싶었다. 삶이 나에게 더 크고 훌륭한 사람이 되라고 기회를 준 것이구나.

그러자 내가 낯선 땅에서 보내온 시간과 저마다 몸부림의 시간을 보내고 있을 세상 모든 존재가 측은했다. 뜨거운 눈물이 났다. 서럽거나 외로운 눈물이 아니었다. 기쁨과 환희의 눈물도 아니었다. 살아있는 모든 것들이 뜨겁게 느껴졌다. 그 애잔한 생명력이 가슴에 콕콕 와 박혔다 뉴욕으로 올 때, 나는 내가 얼마나 큰 사람인지 내 그릇의 크기를 재고픈 마음이 한쪽에 있었다. 내가 아무것도 없이 와서 마치 하루살이 노동자처럼 근근이 살아갈 때 나는 좀 움츠려들기도 했다. 그리고 늘 마음속으로 물었다. 내가 어떤 사람이 되어야 하는지, 어떤 사람이 될 수 있는지, 또 내가 여길 왜 왔는지.

오늘 문득, 그 이유를 알 것 같았다. 마치 우주의 기적처럼 존재의 부름을 받은 느낌이랄까? 저 하늘 어딘가 미지의 세상에서 누군가가 내 이름을 불러주고, 나에게 답을 전해준 그런 순간이었다.

내 삶은 느리다. 서른이 훌쩍 지나 뉴욕에 왔고, 오고 나서도 순풍에 돛 단 듯 인생이 흘러간 것은 아니다. 어떤 때는 내게 생기는 일들이 원인도, 결과도 불분명해서 내 인생에 답이 없어 보인다. 그럴 때마다 그래 이렇게 그냥 발버둥 치며 살다가 나는 아무것도 아닌 채로 죽을 수도 있겠지 싶다. 그럼에도 불구하고 나는 떠나오길 잘한 거 같다. 이렇게 불현듯, 아무도 알려주지 않았던 내 존재에 대한 답 하나를 얻었으니.

이거구나! 인생의 깨달음은 책상 앞에서 오는 것이 아니라, 찰나의 순간에, 나의 가장 낮은 곳에서, 이렇게 시끄러운 맨해튼 한복판에도 소리 없이 오는 거구나. 이 답 하나 얻으러 내가 먼 길을 애쓰면서 왔구나! 그래 낯섦과 생경함, 그에 따른

두려움과 불안함 열렬히 감수할 만하다. 사하라사막에서 뉴욕
까지 이토록 헤맬 만하다.

오늘에서야 비로소 뉴욕이라는 낯선 정글을 홀로 헤매다가,
나의 아름다운 빈 곳 하나를 찾은 것 같다.

낯선 곳에 대책 없이 사는 것은
낯선 이와 대책 없이 사랑하는 일

뉴욕. 세상에서 가장 시끄럽고 복잡한 도시 한가운데서 찾은 나의 고요. 내 마음의 빈 곳. 그야말로 좌충우돌 예상치 못한 숱한 나를 마주해야 했던 시간을 그곳에서 보냈다. 그리고 나는 유학을 떠나면서 모두가 원했을 금의환향이 아닌, 다시 일어나 삶을 헤쳐나갈 힘을 얻어 돌아왔다. 서른 즈음, 인생의 바닥을 걷고 있을 때 나를 찾아 떠났던 사막 여행이 정글 같은 뉴욕에서 끝난 것이다.

되돌아보는 나의 흔적들. 때론 처철한 사투였고, 때론 달콤한 연애편지였고, 때론 궁상맞은 하소연이었던 지난 오 년간의 시간이 켜켜이 쌓인 그림들. 지난 그림들 속에서 홀로 던져져 아프고 몇 번이고 무너지는 나를 만났다. 그렇지만 그 무너진 자리에 서니, 아름다운 풍경이 보였고, 사람들의 따스한 빛이 보였고, 나의 빈 곳이 거기 있었다. 그렇게 나는 대책 없이 떠나온 낯선 땅에서 내가 알지 못했던 나의 조각들을 발견하면서 천천히 다시 태어났다. 여름이 너무 짧아 수차례의 겨울을 보내고서야 비로소 번데기가 된다는 남극의 애벌레처럼, 어쩌면 나는 뉴욕에서 남들보다 조금 더 긴 애벌레의 생을 지나온 걸지도 모르겠다.

뉴욕에서 다섯 번의 겨울을 보내고 돌아온 나는 그림책 공부를 위해 다시 영국 유학길에 올랐다. 또 다른 나의 빈 곳을 찾아 런던으로 떠난 것이다. 대책 없이 뉴욕으로 떠났을 때처럼 그렇게, 그렇지만 조금은 다른 나의 런던 생활이 시작되었다.

이제 와서 생각해 보면 뉴욕에서의 생활 덕분에 나는 맨땅에 헤딩을 더 잘하는 사람이 된 것 같다. 뉴욕은 처음이라 더 어렵고 겁났지만, 그다음 헤딩은 조금 더 쉬웠다. 그렇다고 런던에서의 유학이 결코 수월했다는 말은 아니다. 단지 나는 타국 생활에 더 적극적으로 임했고, 부당함에 분노했고, 필요한 것을 확실히 요구했으며, 내가 원하는 바를 더 잘 표현하게 되었다. 런던 학교에서 최고로 불평이 많은 학생이었지만 누구보다 알차게 유학을 마쳤다. 한국으로 돌아온 나는 그림책 작가로 등단했고 차곡차곡 내 이야기를 쌓아가는 중이다.

그저 열심히 살다 온 게 전부인 뉴욕 생활에 그럴싸한 의미 부여를 하고 싶지는 않다. 내 인생에서 잊지 못할 큰 변화의 시간을 헤쳐온 것은 사실이지만, 그곳에서의 일상은 어디서나 살면서 겪을 법한 그런 사람 사는 이야기였다. 그래도 누군가 가 뉴욕 생활이 어떤 의미였는지 묻는다면, 나는 '뉴욕'이라는 남자와 달콤 살벌한 연애를 아주 깊게 한 것 같다고 말하고 싶다. 서로를 물고 빨면서 친밀하고 애틋하게 보낸 연인과의 시간이 모두 결혼과 출산이라는 결과로 귀결되는 것은 아니다. 오히려 눈물 콧물 쏙 빼고, 나쁜 놈 나쁜 년 하면서 헤어지기 일쑤이다. 그렇지만 아무도 "연애는 왜 해?"라고 묻지 않는다. 뉴욕으로 떠날 때 내가 그랬다. 누군가 "뉴욕은 왜 가?"라고 묻는다면 나는 "대책 없이 좋아서"라고 대답할 것이다. 누군가를, 무엇인가를 좋아하는 마음은 어쩔 수 없는 거니까.

내가 남다른 연애를 했는지는 잘 모르겠다. 그저 나는 뉴욕이라는 낯선 이를 너무 열심히 만나서, 나도 모르던 나 자신을 조금 더 발견하게 된 것 같다. 뉴욕에서의 경험 때문에 다음 연애를 더 잘하게 될지 더 망치게 될지 그 당시에는 몰랐지만, 지금에 와서 보니 이후 더 격렬한 만남을 가질 수 있었다. 런던이 그랬다.

성공이나 실패란 말로는 정의되지 않는 뉴욕 생활은 마치

이뤄지지 않는 첫사랑 같은 경험이었다. 환상도 기대도, 또 예상치 못한 힘듦과 어려움도 많았다. 모든 것이 처음이라 부끄럽고 미숙한 나 자신을 끊임없이 마주해야 했다. 그렇지만 나만을 위해 나를 온전히 내어준 소중한 시간. 그래서 나는 지금도 뉴욕이 그립다.

낯선 곳에 대책 없이 살고 싶다

1판 1쇄 발행 2023년 6월 29일

글·그림   의자
펴 낸 이   신혜경
펴 낸 곳   마음의숲

대   표   권대웅
편   집   김도경 윤소현
디 자 인   유미소
마 케 팅   조아라

출판등록   2006년 8월 1일(제2006-000159호)
주   소   서울특별시 마포구 와우산로30길 36 마음의숲빌딩(창전동 6-32)
전   화   (02) 322-3164~5 팩스 (02) 322-3166
이 메 일   maumsup@naver.com
인스타그램   @maumsup
용지 월드페이퍼(주) 인쇄·제본 (주)에이치이피